あの山に、その川に、この花に。奈良には歌があふれてる

おさんぽ万葉集

平城　春日　葛城　山辺の道　泊瀬　忍阪　飛鳥

著／村田 右富実

西日本出版社

はじめに

本書は「線」の本である。八本の線（コース）を歩く本である。巷間《ちまた》にはこの手の本が溢れている。僕もたくさん持っている。ただ、それらの多くは名所旧跡という「点」を「線」で結ぶ。「線」は「点」のために存在する。けれども実際に歩く時、楽しいのは「点」ばかりではない。山辺《やまのべ》の道から見える三輪《みわ》山の山容の変化。高天《たかま》彦《ひこ》神社に到着した時の達成感。疲れ切った時に見上げる長谷寺の階段の絶望。これらは今日歩いて来た「線」によって醸成される。線上の過去と階段を見上げている現在との相互映発である。これが気持ちよい。それが絶望であっても気持ちよい。

「線」を歩いていると山や川と出会う。山を見る時、山の名前が分かると急に身近に感じられる。「あれが三輪山だ」。川を渡るときも同じである。「これが泊瀬《はつせ》川か」。そして、その時に歌が頭に思い浮かぶとこれが楽しい。急に「線」が太くなる。

三輪山を　然《しか》も隠すか　雲だにも　心あらなも　隠さふべしや（1・一八）

泊瀬川《はつせがは》　白木綿花《しらゆふばな》に　落ち激《たぎ》つ　瀬をさやけみと　見に来《こ》し我《われ》を（7・一一〇七）

勿論、「点」だって楽しい。ただ、本書、普通の本とはちょっと違うところが多い。

学生たちをここに紹介したような「点」に連れて行くと、彼らは明らさまに面白くなさそうな顔をする。大きな石がいくつか転がっているだけ。草ぼうぼうの原っぱだけ。無理もない。そういう時「ここは来ること自体に意味がある」とむちゃくちゃな解説をする。しかし、学生たちも回数を重ねているうちに少しずつ反応が変わって来る。その空間に堆積している時間に気づき始める。石は柱を立てていた礎石であり、原っぱは宮なのだと。そうした時も歌が思い浮かぶ。「点」が大きくなる。

采女《うねめ》の　袖吹き返す　明日香風《あすかかぜ》　都を遠み　いたづらに吹く（1・五一）

あをによし　奈良の都は　咲く花の　にほふがごとく　今盛りなり（3・三二八）

石の間隔から塔や寺が立ち上がる。原っぱには荘厳な飛鳥正宮の姿が浮かぶ。ただ、全ては心の中。本書にはそうした「行ってみても何もない」という「点」がたくさんある。中には小学校のプールまである。けれども、心の中には古代が見えて来る。遙かな過去と現代との相互映発である。

「線」にはあなたの歩いた今日の過去があり、「点」には一三〇〇年前の過去がある。そして、『万葉集』の歌はその「線」と「点」を「面」にする役割を果たしてくれるはずである。

はじめに …… 03
もくじ …… 06

Route.1

宮と京を経て、
異境の入り口・奈良山まで

平城 …… 11

スタート 近鉄新大宮駅→旧長屋王邸宅跡
→宮跡庭園→平城宮跡→法華寺
→ヒシアゲ古墳→ゴール 近鉄平城駅

Route.2

高円、若草山…高みから一望し、
また野遊びもする

春日 …… 36

スタート 近鉄奈良駅→破石町バス停
→新薬師寺→白毫寺→春日大社
→若草山（山頂）→奈良県庁
→ゴール 近鉄奈良駅

Route.3
古えにつづく道を
ひたすら登り、ひたすら降る
葛　城……63
スタート 近鉄御所駅→風の森バス停
→高天彦神社→橋本院
→極楽寺ヒビキ遺跡→葛城一言主神社
→宮山古墳→ゴール 近鉄御所駅
おさんぽひとやすみ　二上山……84

Route.4
今日はどのルート？
何度歩いても楽しみがある
山辺の道……89
スタート 天理駅→石上神宮
→衾田墓→伝崇神陵
→伝景行陵→檜原神社
→大神神社→ゴール 三輪駅
ちょっと豆知識　古代の色名……119

Route.5
積み重なる時間を歩き、「泊瀬の檜原」を思う
泊瀬 120
スタート 三輪駅→大神神社
→海柘榴市観音→朝倉宮跡
→長谷寺→ゴール 近鉄長谷寺駅

Route.6
万葉の気配ただよう、静かなる伝承の地
忍阪 144
スタート 桜井駅→粟原寺跡
→舒明天皇陵→鏡王女墓
→ゴール 近鉄大和朝倉駅

おさんぽひとやすみ　宇陀 170

Route.7
ゆったり、のんびり
想像力をたずさえて
飛　鳥 …… 174
スタート 近鉄橿原神宮前駅
↓向原寺↓甘樫丘
↓川原寺跡↓橘寺↓石舞台
↓県立万葉文化館
↓ゴール 近鉄橿原神宮前駅

Route.8
自転車での欲張りコース
でも眼差しはおだやかに
飛　鳥（自転車） …… 201
スタート 近鉄橿原神宮前駅↓本薬師寺跡
↓藤原宮跡↓山田寺跡
↓飛鳥正宮↓天武・持統陵
↓ゴール 飛鳥駅

おさんぽひとやすみ　吉野 …… 224

おわりに …… 228

Route. 1

平城《へいじょう》

宮と京を経て、
異境の入り口・奈良山《ならやま》まで

平城宮跡・朱雀門にて

Route. 1

平城

コースのポイント

平城宮跡はポイントをしぼって。ゆったり歩く

Start 近鉄新大宮駅

徒歩15分

❶ 旧長屋王邸宅跡《ながやのおおきみていたくあと》

徒歩5分

❷ 宮跡庭園《きゅうせきていえん》

徒歩15分

❸ 平城宮跡《へいじょうきゅうせき》（朱雀門《すざくもん》）

徒歩20分

❹ 法華寺《ほっけじ》

徒歩20分

❺ ヒシアゲ古墳（伝磐之媛《いわのひめ》命陵）

奈良山を眺めて徒歩30分

Goal 近鉄平城駅

距離 約7.5km

このコースの楽しみ

平城京は和銅三年（七一〇）から延暦三年（七八四）まで日本の首都であった。『万葉集』が編纂された時期とほぼ重なる。

今日は平城宮と平城京とを歩く。宮（みや）は天皇の居所を示し、京（みやこ）はその宮のある場所を指す。当時、宮は御所と官庁街から成っていた。長屋王邸宅跡から朱雀門への道は長屋王の通勤路。長屋王と同じ道筋を通って朱雀門を入る。広い、ひたすらに広い。そして、足元の地面の下には奈良時代が埋まっている。堆積した時間の上を歩く。

宮を離れて法華寺へ。光明皇后の寺として有名だが、『万葉集』にも関わりが深い。そして、宮の北側には佐紀盾列古墳群が広がる。被葬者を確定できないけれど、磐姫陵と伝わるヒシアゲ古墳を経て、大和の北限・奈良山まで行ってみよう。

平城ルート MAP

祝園
木津
東大寺学園高
左京小
平城山
平城ニュータウン東
奈良山
神功皇后陵
近鉄京都線
添御縣坐神社
奈良市
JR関西本線
奈良競輪場
マラ塚
山陵八幡神社
塩塚古墳
歌姫町
航空自衛隊
奈良基地
平城
ヒシアゲ古墳(磐之媛命陵) ❺
瓢箪山古墳
佐紀県営住宅前
成務天皇陵
日葉酢媛命陵
猫塚
稱徳天皇高野陵
小奈辺陵墓参考地
鏡玉神社
ローソン
新山陵橋東詰
航空自衛隊
水上池
平城天皇陵
宇和奈辺
陵墓参考地
生駒
不退寺
佐紀神社
コナベ池
佐紀町
佐紀町
平城宮跡
法華寺北
二条町
法華寺北町
大和西大寺
二条町
第一次大極殿
遺構展示館
海龍王寺
一条高
平城宮跡資料館
❹ 法華寺
復原事業情報館
第二次大極殿跡
法華寺前
法華寺
法華寺東
平城宮跡 ❸
東院庭園
菰川橋東
菰川橋南詰
近鉄橿原線
平城宮朱雀門
近鉄奈良線
近鉄スポーツセンター
新大宮
イトーヨーカドー奈良店
旧長屋王邸宅跡 ❶
奈良市役所
春日神社
369
二条大路南四丁目
宮跡庭園
❷ 宮跡庭園
大宮小
二条大路南1
尼ヶ辻橋西詰
コーナン
都橋西詰
308
三条大路2
三笠中
尼ヶ辻
佐保川
垂仁天皇陵
都跡小
秋篠川
24
都跡中
唐招提寺
県立図書情報館
大安寺西小
N
徒歩ルート
0
500m
大和八木

❶ 旧長屋王《ながやのおおきみ》邸宅《ていたく》跡《あと》まで

新大宮《しんおおみや》駅の南を東西に走る大きな道路は、二条大路《おおじ》である。この道を西に十分ほど歩くと、旧長屋王邸宅跡に到着する。イトーヨーカドー・奈良店（発行日現在）の前に碑が建っているだけだが、平城遷都後、台頭する藤原氏と渡りあった人こそ、この邸の主・長屋王（六八四?〜七二九）である。父は天武《てんむ》天皇の第一子・高市《たけちの》皇子《みこ》。高市皇子は、母が皇族ではなかったために皇位とは無関係だったようだが、太政《だいじょう》大臣(今の総理大臣)にまで昇り詰めたその力は強大であった。そういう目で、もう一度長屋王邸宅の立地を考えると、ここは平城宮の朱雀門から程近い、宮の南東。当時最も高い地価を誇ったことだろう。

この地が長屋王の邸宅跡と確定したのは、昭和六一年（一九八六）から行われた発掘調査の成果。四万点に及ぶ木簡《もっかん》が出土し、中には「長屋親王」と記されたものもあった。「親王」は天皇の男子の称なので、天皇の孫にあたる長屋王は「親王」ではない。親の七光りか当人の実力か、長屋王を好ましいと思わない人々は

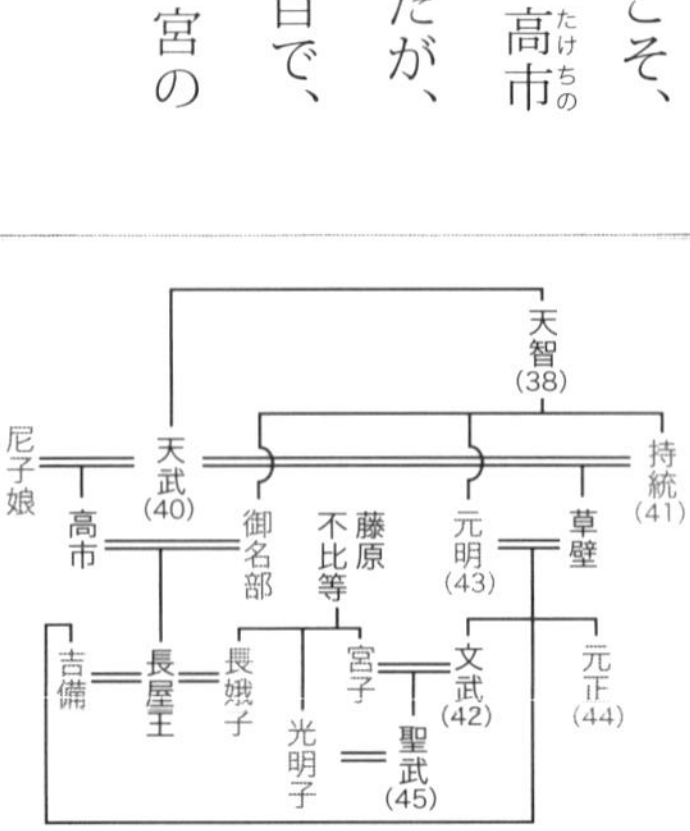

◀長屋王系図

前者の立場を取るだろうし、近しい人々は後者を疑うまい。評判とはそういうものである。どちらであったにせよ、彼は政界の中にあって着実に力を付けていった。養老元年（七一七）には大納言《だいなごん》に任ぜられ、養老四年（七二〇）に巨星・藤原不比等が亡くなると、ついに長屋王政権が誕生する。長屋王の歌は『万葉集』に五首、次はそのうちの二首である。

長屋王、馬を奈良山に駐めて作る歌二首

佐保過ぎて　奈良のたむけに　置く幣《ぬさ》は　妹を目離《か》れず　相見《あひみ》しめとそ

（3・三〇〇）

岩が根の　こごしき山を　越えかねて　音《ね》には泣くとも　色に出でめやも

（3・三〇一）

長屋王が馬を奈良山に駐めて作る歌二首

佐保を過ぎて奈良山の神に捧げる手向けの供物は、あの娘と離れずにお互いに見つめ合うためだ。

ゴツゴツした険しい山を越えられずに、声を上げて泣くことはあっても、恋心を顔色に出すことなどありえない。

どのような任務かは不明だが、長屋王は山背国《やましろのくに》(京都府)へと向かった。「奈良山」を越えると大和国を離れ、異国の地に入る。峠の神への祈りは旅の安全のためのはずだが、彼は意中の女性と逢うためだと歌い、さらに恋の苦しみなど人に見せるものではないと歌う。自信に溢れている。和歌を詠じるだけではない。佐保にある自身の別荘を「作宝楼《さほろう》」と名付け、たびたび宴席を設けては、漢詩を作らせた。我が世の春である。

しかし、その長屋王をもってしても、藤原氏の勢力は抑えられなかった。衝突を繰り返した挙げ句、神亀六年(七二九)二月、密告を受けて自害。世に長屋王の変と呼ばれる。挽歌一首が残る。

神亀六年己巳《きし》、左大臣長屋王、死を賜《たま》はりし後に、倉橋部女王《くらはしべのおほきみ》の作る歌一首

大君《おほきみ》の　命恐《みことかしこ》み　大殯《おほあらき》の　時にはあらねど　雲隠ります(3・四四一)

神亀六年（七二九）、左大臣長屋王が死を賜わった後に、倉橋部女王の作る歌一首

大君のご命令が恐れ多いので、まだ死ぬときでもないのに亡くなってしまわれた。

「殯《あらき》」は、死後一定期間、遺体を安置しておく建物やそこで行われる儀礼をいう。「大殯」はその敬語である。本来は天皇にのみ使われることばである。作者・倉橋部女王が誰であるかは不明だが、時ならぬ死を天皇の命令として諦めようとする姿勢が悲しい。

長屋王の変から九年、長屋王を密告した人物が、長屋王の元家臣に殺される事件が起きる。この時、『続日本紀』は、長屋王の変を「誣告《ぶこく》」（虚偽の密告）と記す。長屋王は無実であった。

❷ 宮跡庭園《きゅうせきていえん》まで

長屋王の邸宅跡のほぼ真南に、宮跡庭園がある。当時の宴席に思いを馳せる。そして、嬉しいことに、いつ訪れてもあまり混んでいない。奈良の観光を考えると嬉しがってはいけないのだが、やはりほっとする。

　復原された大型建物にのぼれば、ゆったりとした時が流れる。この庭園には屈曲した小川が流れ、玉石が敷き詰められていたことが判明している。「曲水《ごくすい》の宴《うたげ》」が催されたのだろう。「曲水の宴」とは、庭園の小川のほとりに座り、上流から盃を流して自分のところに来るまでの間に詩歌を詠じる遊びである。当時、三月三日に催されていた。

　三月三日は、万葉時代は「上巳《じょうし》の節句」といった。最も古い記述は、「三月の上巳に、後苑《みその》に幸《いでま》して、曲水宴《ごくすいのうたげ》きこしめす」（『日本書紀』顕宗元年三月三日条）である。ただし、記録としては余りにも古すぎるため史実とは思えない。しかし、養老四年（七二〇）の『日本書紀』の完成時に、「上巳の節句」が一般化していた

平城京左京三条二坊宮跡庭園

昭和 50 年の発掘調査で発見された、奈良時代の庭園遺跡。古代の庭園の様子を伝える文化財である。

所在地：奈良市三条大路 1 丁目 5-37

幹線道路に面しているが、比較的いつも静かな場所。道路を挟んだ北には、長屋王邸宅跡に商業施設がそびえ立つ。

ことがわかる。残念ながら、この庭園で開催された「曲水の宴」の歌は残っていないが、大伴家持が越中（富山県）国守として赴任中に自邸で「上巳の宴」を開催した時の歌が残っている。

三日に守大伴宿祢家持の館にして宴する歌三首

今日《けふ》のため　と思ひて標《し》めし　あしひきの　峰《を》の上《うへ》の桜　かく咲きにけり

（19・四一五一）

奥山の　八《や》つ峰《を》の椿《つばき》　つばらかに　今日は暮らさね　ますらをの伴

（19・四一五二）

漢人《からひと》も　筏浮《いかだう》かべて　遊ぶといふ　今日そ我が背子　花縵《はなかづら》せよ

（19・四一五三）

天平勝宝二年（七五〇）三月三日、越中国守大伴宿祢家持の館で宴する歌三首

今日のためにと思って、立入禁止にしておいた（あしひきの）あの尾根の桜は、ほらこんなに見事に咲いたことだ。

宮跡庭園内の園池。池といっても比較的浅く、S字状に屈曲している。平成30年までは修理作業中で、覆屋の窓越しの見学となるが、園池以外は復元建物含めて見学自由。

奥山の多くの峰の椿……つばらかに（存分に）今日は楽しく過ごしてくれたまえ、皆々さんよ。
唐《とう》の人々も筏を浮かべて遊ぶという今日ですぞ、諸君も花の髪飾りをしたまえ。

宴とは名ばかりの、しゃちほこ張った「曲水の宴」とは、かなり違うようである。そもそも今日のための桜が咲いたと歌う一首目からして大仰に過ぎる。二首目は「つばらか」ということばを文脈の転換点に据えた、序歌と呼ばれる形式の歌で、見えるはずもない奥山の椿から一転して、「今日は無礼講で行きましょう」と皆を誘う。三首目は、「国際色豊かに楽しむ日だよ」とさらにくだける。

天平勝宝二年（七五〇）三月三日は、太陽暦に換算すると四月十七日。都に比べて春の遅い越中《えっちゅう》でも、絶好のお花見日和だったのだろう。勿論、越中での作であるため、平城京での「曲水の宴」と同じというわけにはいかないが、当時の宴の雰囲気は想像できる。また、三首ともに「今日」を詠み込むところからも、この日を楽しみにしていた様子がうかがえる。

しかし、実際に宮跡庭園を見てもわかるが、どれほど緩やかに水を流したとこ

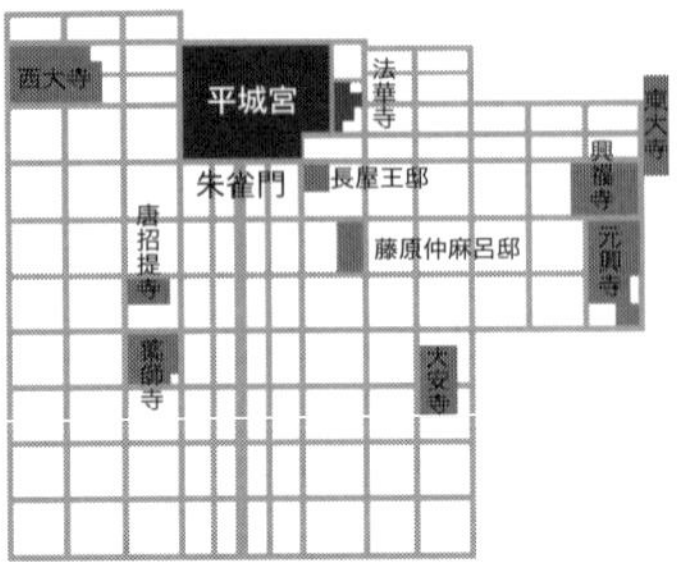

◀平城宮と平城京略図

平城京の入り口である羅城門からは、幅約75メートル、長さ約4キロもの朱雀大路が平城宮まで続いていた。

ろで、何人もの貴族が水流沿いに座ることを想定すると、自分の所に盃が回ってくる間に歌を考える時間は極めて短い。この日に備えて、あらかじめ歌を作っておいたのだろう。

歌作の才のない官人は、何日も前から頭が痛かったに違いない。

❸ 平城宮跡《へいじょうきゅうせき》まで

宮跡庭園から西に十分ほど歩くと、右手に広い駐車場、その奥に朱雀門が見えて来る。朱雀門の向こうには大極殿《だいごくでん》も見通せる。その駐車場の東西には柳が植えられており、春には芽吹いた柳の葉が美しい。ここに柳並木が存在するのは、次の家持の歌による。

二日に柳黛《りうたい》を攀《よ》ぢて京師《みやこ》を思ふ歌一首

春の日に　萌《は》れる柳を　取り持ちて　見れば都の　大路《おほち》し思ほゆ

（19・四一四二）

復元された朱雀門。平城宮の入り口であった朱雀門の前では、外国使節団の送迎や、時には歌垣も行われた。

平城宮跡資料館

所在地：奈良市２丁目9-1
公開時間：9:00～16:30（入場は16:00まで）
休館日：月曜日（月曜が祝日の場合はその翌日）、年末年始（12月29日～1月3日）

天平勝宝二年（七五〇）年三月二日、大伴家持が若い柳を手折って都を思う歌一首

春の日に萌え出た柳を折り取って見ると、都の大路のことが思われる

先の歌（宮跡庭園参照）の前日の作である。越中で二度目の冬を越し、翌日に上巳の宴を控え、彼の心の中には、北国に慣れ親しんだ感覚と、それでもなお帰京を望む気持ちとが同居していたであろう。かつての通勤路、都大路の柳を想起する。その都大路がこの駐車場。現代では考えられない道路幅である。

都大路を北に向かい、朱雀門を抜けると宮域に入る。朱雀門から大極殿までさらに徒歩十分。当時、皇居と官公庁とが一体だったとはいえ、実際に歩くとその広さを実感できる。このあたりを春に歩けば、

大宰少弐《ださいのせうに》小野老朝臣《をののおゆあそみ》の歌一首

あをによし　奈良の都は　咲く花の　にほふがごとく　今盛りなり

（3・三二八）

復元された第一次大極殿の正面にある額。「大極殿」の文字は、当時書かれた「長屋王願経」から採用された。

大宰府の次官、小野老朝臣の歌一首

（あをによし）奈良の都は咲く花が照り輝き良い香りを放つように、今、真っ盛りだ。

を実感できる。平城京を詠んだ歌の中で最も有名であろう。ただし、この歌は都を遠く離れた大宰府《だざいふ》で詠まれたものである。

平城京はその造成にあたり、存在していた古墳を削平したことが、当時の基本史料である『続日本紀』に記されている。遷都以前にはこれといった建物はなかった。また、大極殿の基壇の下からは、「和銅三年三月」（三月の「三」は推定）と記された木簡が出土している。平城遷都は和銅三年（七一〇）三月十日なので、遷都時には、宮の中心たる大極殿は、未完成どころか基壇すら整えられていなかったことが知られる。他の建物は、いったいどんな様子だったのだろう。

ただし、この「あをによし」の歌は七三〇年前後の詠であり、平城京は繁栄を極めていただろう。「あをによし」はよく知られているように「奈良」にかかる枕詞《まくらことば》である。平城京には青や赤の建物がたくさんあるので、「奈良」にかかると

朱雀門前東広場にある「あをによし…」の歌碑。大和郡山市にある「平城京羅城門跡公園」にも同じ歌碑が立つ。

する俗説があるが、平城遷都以前の歌人である額田王《ぬかたのおおきみ》や柿本人麻呂《かきのもとのひとまろ》もこの枕詞を用いている。そんな美しい建物が立つことになろうとは額田王も人麻呂も知る由もない。では、何故「奈良」にかかるのか。これにすっきり答えられるとよいのだが、なかなかそうもいかない。「あをに」は青い土の意であり、青い土が取れる地だからともいわれるが、なお未詳とするしかあるまい。

また、第四句「にほふ」は本来「丹穂《にほ》ふ」といわれ、赤く照り輝く意をあらわしていた。それが徐々に嗅覚表現へと移行して行く。この歌の原文には「薫」とあり、ここは嗅覚をも含み込んだ表現であるといってよい。

ところで、先の家持歌は越中で詠まれたものであり、今の小野老の歌は大宰府での詠であった。平城京で詠まれた万葉歌は数多いが、「奈良の都」という表現は二十三例しかない。そして、その内訳は、都以外の所で詠まれた歌が十四例、一時的に※恭仁京《くにきょう》へと遷都し、平城京が荒れ果ててしまった時の歌が七例。そして残る二例は遣唐使への餞別《せんべつ》歌である。我が身が平常ならざる状況に置かれた時、日常の重要性がクローズアップされる。今も昔も、ふるさとは遠きにありて思うものである。

2010年の平城京遷都1300年に向けて復元された、大極殿（第一次大極院正殿）。天皇の即位や国家的な儀式が行われた場所。中も見学することができる。

※恭仁京
一般に奈良時代は、和銅三年（七一〇）の平城京遷都から延暦十三年（七九四）の平安京遷都までを指すが、天平十二年（七四〇）〜天平十七年（七四五）の間、都は平城京を離れ、恭仁京（京都府木津川市）と紫香楽宮（滋賀県甲賀市）と難波宮（大阪府大阪市）との間で何度も動いていた。聖武天皇の彷徨といわれる五年間である。奈良の大仏様も当初は紫香楽宮に建立される予定であった。また、延暦三年（七八四）には平城京から長岡京へと遷都している。

❹ 法華寺《ほっけじ》まで

朱雀門から入る平城宮跡は、平城宮跡資料館↓復原事業情報館↓第一次大極殿↓第二次大極殿↓遺構展示館↓東院庭園《とういんていえん》と巡るとよいが、優に丸一日かかる。時間と相談しながら歩くことをお薦めする。今は東院庭園の北から平城宮を離れ、法華寺へと向かおう。

天平十三年（七四一）、聖武《しょうむ》天皇は各国に国分寺と国分尼寺《こくぶんにじ》の造営を命じる。現在でも各地に「国分寺」などの地名が残る。その国分寺の総本山は東大寺であり、国分尼寺の総本山が、聖武の皇后・光明子《こうみょうし》の発願になるとも伝えられる法華寺である。光明子のお顔を映したという伝説もある国宝・木造十一面観音は春秋の期日を定めての公開である。その時期は多くの人で賑わうが、ここが元来、光明子の父・藤原不比等の邸宅であったことはそれほど知られていない。

ある時、宮廷歌人・山部赤人《やまべのあかひと》はこの地を訪れ、歌を詠んだ。

杜若（かきつばた）で有名な法華寺の名勝庭園。

法華寺

藤原不比等の邸宅跡。平城宮跡から歩いてくると、大極殿から十数分。当時の不比等の権勢がいかほどだったかを感じられる。

所在地：奈良市法華寺町 882
開　門：9:00 ～ 17:00
拝観料：700 円（本堂・華楽園）

山部宿祢《やまべのすくね》赤人《あかひと》、故《すぎにし》太政大臣藤原家の山池《しま》を詠む歌一首

古《いにし》への　古《ふる》き堤《つつみ》は　年深み　池の渚に　水草《みくさ》生《お》ひにけり（3・三七八）

山部宿祢赤人、故藤原不比等の邸宅の庭園を詠む歌一首

古えの古い池の堤は年が深まり、池の渚には水草が生えてしまっている。

題詞の「故《すぎにし》太政大臣藤原家」は藤原不比等の邸宅のこと。「故太政大臣藤原」という書式は、『続日本紀』の天平二年（七三〇）九月二十五日条にも「故太政大臣藤原朝臣の墓を祭らしむ」と登場する。「故～」は死後それほど時を経ていない人物に付されるのが一般的だが、養老四年（七二〇）に没した不比等に対して、死後十年を経てもなお使用されるのは、不比等への尊敬を示しているだろう。赤人がこの池の堤に立ったのもこの頃だろうか。また、「山池《しま》」は庭園の意であり、不比等邸には池を備えた庭が存在していたことも判明する。

赤人がどのような目的で旧不比等邸を訪れたかはわからない。しかし、その庭園は経年を感じさせる状況にあった。「生ひにけり」という表現は、平城京が一時的に恭仁京に遷都したおり、平城京が荒れ果ててしまったことを嘆く田辺福麻呂《たのべのさきまろ》

法華寺の池のほとりにある、山部赤人の歌碑。

の歌にも登場する。

立ち変はり　古き都と　なりぬれば　道の芝草　長く生ひにけり

（6・一〇四八）

移り変わってすっかり古い都になってしまったので、道の雑草は長く成長してしまった。

また、時の皇太子・日並皇子《ひなみしのみこ》の薨去《こうきょ》を悲しんだ歌には、

み立たしの　山池《しま》の荒磯《ありそ》を　今見れば　生《お》ひざりし草　生ひにけるかも

（2・一八一）

お出ましになられていた庭園の水際《みぎわ》を今見ると、生えていなかった草が生えてしまっている。

とある。水草や芝草が伸びることは生命の証しであり、それ自体、悲しみの対象

平城宮跡東院庭園。「東院」とは皇太子の住まい。東西80ｍ、南北100ｍの敷地には池や建物が復元されている。藤原不比等の邸宅とは目と鼻の距離。

にはならない。しかし、それは突然やって来る。今まで気にもしたこともない草が伸びていることに気づく瞬間である。「生ひにけり」はそれに気づいてしまったことを示す。その気づきが悲しみを誘発する。

法華寺を訪れるとき、池のほとりに立つ赤人の歌碑とともに、法華寺の前史を思い出す。

❺ ヒシアゲ古墳（伝磐《いわ》之《の》媛命《ひめのみこと》陵）まで

法華寺から北に向かうと、佐紀《さき》盾列《たてなみ》古墳群。巨大な前方後円墳が折り重なるように連なる。その中の一つがヒシアゲ古墳（伝磐之媛命陵）である。

※磐姫皇后をひとり残して仁徳《にんとく》天皇は行幸に出たらしい。いや、行幸なのか別の女性のところに行ったのかも不明である。予定を過ぎても帰京しないのか、それとも、そもそもが長期にわたる旅だったのか、これも不明。しかし、妻は夫の帰りを待ちわびる。そんな歌が残る。

※磐姫の書式について
仁徳天皇の皇后と伝わるイハノヒメは、『万葉集』では「磐姫皇后」、『古事記』では、「石之日売命」、『日本書紀』では「磐之媛命」と記される。本書では、宮内庁がイハノヒメの陵と治定しているヒシアゲ古墳については「ヒシアゲ古墳（伝磐之媛命陵）」と記し、他は「磐姫」で統一した。このイハノヒメ、79頁に登場する襲津彦の娘さんである。

磐姫皇后《いはのひめのわうごう》、天皇《すめらみこと》を思《おも》ひて作らす歌四首

君が行き　日《け》長くなりぬ　山尋ね　迎へか行《ゆ》かむ　待ちにか待たむ（2・八五）

かくばかり　恋ひつつあらずは　高山《たかやま》の　岩根《いはね》しまきて　死なましものを（2・八六）

ありつつも　君をば待たむ　うちなびく　我《あ》が黒髪に　霜の置くまでに（2・八七）

秋の田の　穂の上《へ》に霧《き》らふ　朝霞《あさかすみ》　いつへの方に　我《あ》が恋止《こひや》まむ（2・八八）

磐姫皇后、天皇を思って作られた歌四首

あなたが出掛けられてから随分と日数が経ちました。山を訪ねてお迎えに行きましょうか。それとも、このまま待っていましょうか。

こんなに恋しいくらいだったら、いっそのこと高い山の岩根を枕に死んでしまいましょうか。

このままあなたをお待ちしましょう。この靡《なび》く黒髪に霜が置くまで。

秋の田の稲穂にたなびく朝霞のように、いつになったら私の恋の苦しみは晴れるのでしょう。

迎えに行くといっても、そもそもどこに行くのか。恋の辛さ故の自死さえ脳裏をかすめる。やがて心は揺れ定まり、待つことを決意する。思い人が帰ってきたわけではないが、日が昇れば消える朝霞のような恋心を自ら見出す。日が暮れたらまたその時考えましょう。

揺れ動く恋と自分の心を見定める力。古来、名歌とされてきたこの四首は、現代でも十分に通じる。というよりも、人の心は一三〇〇年前も今もそうそう変わるものではない。読み手の性別を問わず、磐姫の気持ちを理解できる。他の女性に目が行っていた男性も反省するのではないか。しかし、中には反省しない男もいる。

この磐姫、『古事記』や『日本書紀』では、尋常ならざる嫉妬心を持つ皇后として描かれる。少しでも疑念があると「足もあがかに」（足をばたばた、地団駄踏んで）怒ったという。ある時、磐姫は熊野まで祭祀用の葉を取りに行く。その間に夫・仁徳は八田皇女《やたのひめみこ》を宮に入れてしまった。これをわざわざご注進する者がいた。憤怒の磐姫は、仁徳天皇の宮のあった難波を素通りして、淀川を溯り、ついには奈良の実家に戻ろうとする。事件の結末は『古事記』では和解、『日本書紀』では和解せずに大和で亡くなる。

事実はどうあれ、極めて印象深い女性である。記紀と『万葉集』とでは描かれ方が違い過ぎるなどともいわれるが、そうした心の振幅を持っている女性であり、それは決してマイナスとばかりはいえまい。

伝磐姫陵を歩くたびに思い出す。堺市にある伝仁徳陵のすぐ脇にこの四首の歌碑が並ぶ。見張っているのか、寄り添っているのか。夫婦間の機微に立ち入るのはやめておこう。

近鉄平城駅まで

磐姫陵の北方には、柔らかな丘陵が横たわる。この丘陵を北に越えると、実質的に山背国である。額田王や柿本人麻呂が、天智六年（六六七）の近江《おうみ》大津宮《おおつのみや》への遷都を歌う時、この「奈良（の）山」（以下、「奈良山」）がクローズアップされる。

うまさけ　三輪の山　あをによし　奈良の山の　山のまに　い隠るまで〜

（1・一七　額田王）

～そらにみつ　大和を置きて　あをによし　奈良山を越え　天《あま》ざかる　鄙《ひな》にはあれど～

（1・二九　柿本人麻呂）

（うまさけ）三輪の山、（あをによし）奈良山の山の間に隠れるまで～

～（そらにみつ）大和をあとにして（あをによし）奈良山を越えて（天ざかる）鄙びた地ではあるけれど～

先の長屋王の歌同様、やはり「奈良山」は異境への入口であった。しかし、それればかりではない。都人が毎日のように目にする山であり、その生活と密着もしていた。たとえば、「奈良山」の霧は家の雪と対比される。

奈良山の　峰《みね》なほ霧《き》らふ　うべしこそ　まがきのもとの　雪は消《け》ずけれ

（10・二三一六）

奈良山の頂きは今も霧に隠れている。なるほど、我が家の垣根の下の雪が消えていないのも、もっともだ。

また、長屋王の別荘・作宝楼は「奈良山」で採取された立派な木を用いられていた。次の歌は作宝楼が完成した時の聖武天皇の手になる祝歌といわれる。

あをによし　奈良の山なる　黒木もち　造れる室《むろ》は　座《ま》せど飽《あ》かぬかも

（8・一六三八）

（あをによし）奈良山にある立派な黒木を使って作った佐保楼はいつまでいても飽きることなどない。

もう少し時代が下り、橘奈良麻呂（橘諸兄の子）の催した宴には、奈良山から採取された黄葉《もみじ》が飾られていた。

奈良山の　峰の黄葉《もみちば》　取れば散る　しぐれの雨し　間なく降るらし

（8・一五八五）

奈良山を　にほはす黄葉《もみち》　手折り来て　今夜かざしつ　散らば散るとも

（8・一五八八）

奈良山の峰の黄葉を手に取れば散ってしまう。今頃は、時雨が止むことなく降り続いているのだろう。

奈良山を染める黄葉を手折って来て、今宵こうしてかざしました。もう散ってしまっても悔いはありません。


色づいた黄葉をわざわざ取りに行かせて宴席に飾ったのだろう。今も昔も、宴席での粋な計らいは手間が掛かる。ただ、それが歌として千三百年残るのであれば、奈良麻呂も我が意を得たりといったところか。

「奈良の都」が遠くにある時に思い起こす表現であるのに対し、「奈良山」は日常の中に北の異境を想起させる山だった。奈良山中腹にある平城の駅で今日の行程は終わりである。

そうそう、平城駅から秋篠寺までは徒歩で十五分弱。伎芸天《ぎげいてん》のご尊顔を拝してくるのも悪くない。

Route. 2

春日《かすが》

高円《たかまど》、若草山《わかくさやま》…高みから一望し、また野遊びもする

Route. 2

春日

コースのポイント

ちょっとした登山もあり。しっかりスニーカーで

Start
近鉄奈良駅→破《わり》石《いし》町《ちょう》バス停
徒歩15分
❶ 新《しん》薬《やく》師《し》寺《じ》
徒歩15分
❷ 白《びゃく》毫《ごう》寺《じ》
徒歩20分
❸ 春《かす》日《が》大《たい》社《しゃ》
徒歩60分
❹ 若《わか》草《くさ》山《やま》（山頂）
徒歩60分
❺ 奈良県庁
徒歩10分
近鉄奈良駅
Goal

距離 約12km

このコースの楽しみ

近鉄奈良駅周辺の観光地というと、どうしても奈良公園の東大寺《とうだいじ》や興福寺《こうふくじ》を経《へ》巡《めぐ》ることになる。勿論、阿修羅《あしゅら》にしても大仏様にしても、毎回新しい発見はあるのだけれど、たまには違うところも歩きたくなる。

今日は、奈良公園の外縁部を歩く。若草山登山以外はお散歩気分で歩ける。ただ、萩《はぎ》の季節の白毫寺は大勢の人で賑わうので要注意。

大和の風景を撮らせたら右に出る者はないといわれる入江泰吉《いりえたいきち》は、「滅びの美学」ということばをよく用いた。萩の終わり頃の白毫寺付近には、このことばがしっくり来る。

また、このルートのポイントは、白毫寺の境内、若草山の頂き、そして奈良県庁の屋上から見る平城京にある。三者三様の奈良市の風景、どこに奈良時代を見出せるかは行ってのお楽しみ。

空海寺
正倉院
奈良奥山ドライブウェイ
若草山
山頂展望台
二月堂
東大寺
三月堂
観音院
手向山八幡宮
東大寺ミュージアム
南大門
月日亭
奈良春日野国際フォーラム甍
大仏殿
東大寺大仏殿
聖明神社
水谷神社
奈良国立博物館新館
春日大社神苑萬葉植物園
春日大社表参道
春日大社宝物殿
春日大社
春日山
鷺池
若宮神社
紀伊神社
高畑町
志賀直哉旧宅
頭塔
破石町（おりる）
赤穂神社
新薬師寺
白乳神社
入江泰吉記念奈良市写真美術館
高畑町
赤乳神社
奈良教育大学前
奈良教育大
東山緑地
西勝寺
高畑住宅前
東紀寺3
白毫寺
白毫寺

春日ルートMAP

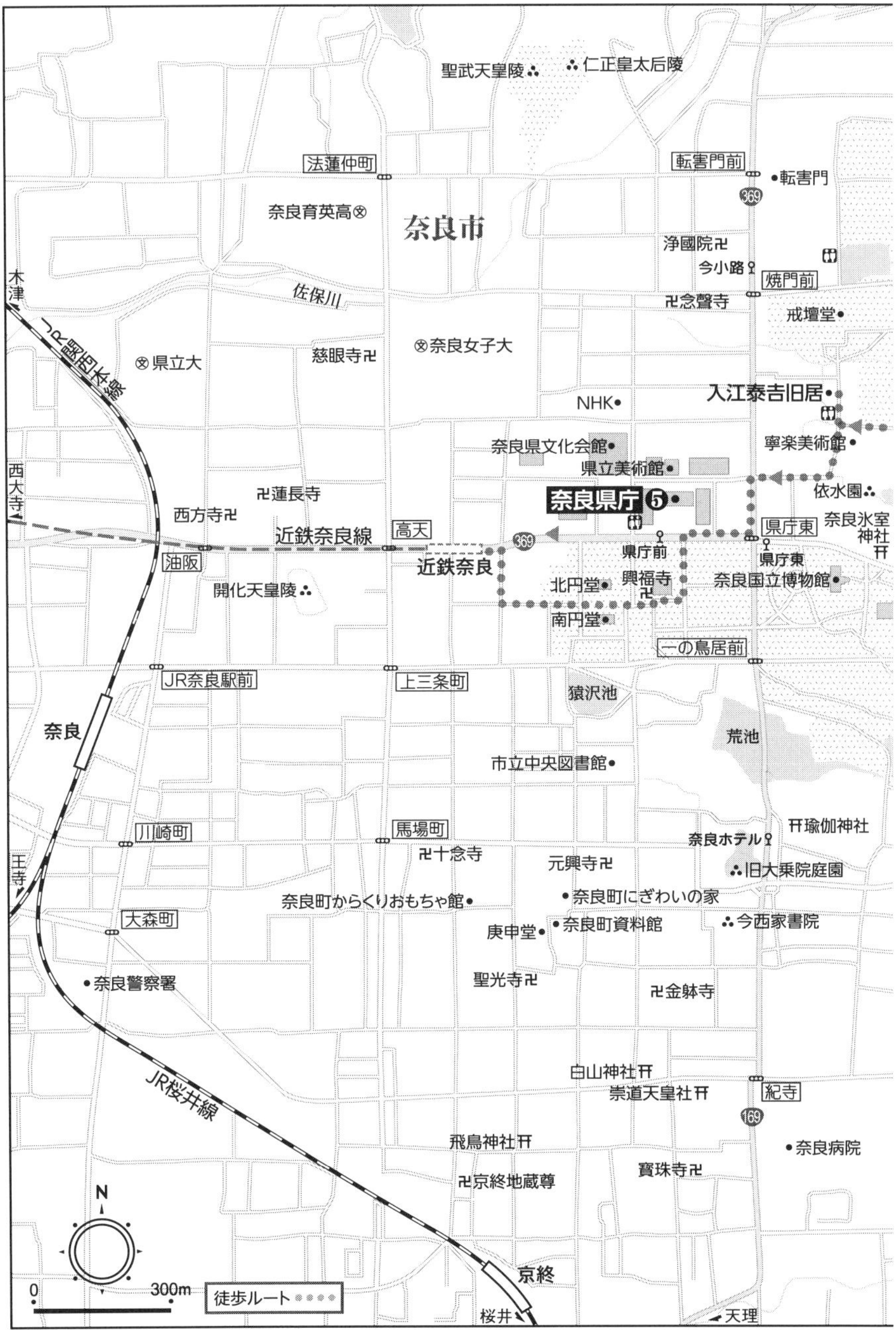

聖武天皇陵
仁正皇太后陵
法蓮仲町
転害門前
転害門
奈良育英高
奈良市
浄國院
今小路
焼門前
念聲寺
戒壇堂
佐保川
木津
JR関西本線
県立大
慈眼寺
奈良女子大
入江泰吉旧居
NHK
寧楽美術館
奈良県文化会館
県立美術館
奈良県庁 5
依水園
蓮長寺
西大寺
西方寺
近鉄奈良線
高天
県庁東
奈良氷室神社
近鉄奈良
油阪
県庁前
県庁東
開化天皇陵
北円堂
興福寺
奈良国立博物館
南円堂
一の鳥居前
JR奈良駅前
上三条町
猿沢池
奈良
荒池
市立中央図書館
瑜伽神社
川崎町
馬場町
奈良ホテル
十念寺
元興寺
王寺
旧大乗院庭園
奈良町からくりおもちゃ館
奈良町にぎわいの家
大森町
庚申堂
奈良町資料館
今西家書院
奈良警察署
聖光寺
金躰寺
JR桜井線
白山神社
崇道天皇社
紀寺
飛鳥神社
奈良病院
京終地蔵尊
寶珠寺
N
京終
0
300m
徒歩ルート
桜井
天理

❶ 新薬師寺《しんやくしじ》まで

近鉄奈良駅からでもよい、JR奈良駅からでもよい、市内循環バスに乗る。一応、近鉄奈良からは「市内循環・外回り」のバス、JR奈良からは「市内循環・内回り」のバスということになっているが、道路の混み方次第で時間は逆転する。特に正倉院《しょうそういん》展開催中は、国立博物館方面に近寄らないバスに乗る方が早い場合が多い。

破石町《わりいしちょう》でバスを降りる。内回り循環のバス停のすぐそばには頭塔《ずとう》。七段ピラミッド型の盛り土による土の塔である。奇数段には石仏がはめられている。平安時代後期に書かれた『東大寺要録』（東大寺の歴史を記した書物）には、神護景雲元年（七六七）に新薬師寺の西の野に造ったという記録が残る。頭塔の南半分は未発掘のままのため、発掘前後の様子がよくわかる。

ここから、坂を登り入江《いりえ》泰吉《たいきち》記念奈良市写真美術館に向かう。この付近は春日大社の神官たちの住宅地だった。現在でも、表札を拝見すると珍しいお名前が並ぶ。「写真美術館はこちら」の看板を無視してもう少し行くと右側に赤穂神社がある。

『日本書紀』には十市皇女《とおちのひめみこ》を赤穂に葬ったと記されている。桜井市赤尾が有力視されているが、この地だとする説もある。彼女の生涯は、陳腐なことばではあるが、悲劇である。父は天武天皇、母は額田王、そして夫は壬申の乱で父・天武に滅ぼされた大友《おおともの》皇子《みこ》である。実父が夫を死に追いやるという事実を彼女はどのように受け入れたのであろうか。いや、そもそも受け入れられたのであろうか。彼女の死の経緯はいささか不審である。天武七年（六七八）四月七日、この日は、公式の占いの結果、倉梯川《くらはしがわ》に設置された斎宮《さいくう》への行幸と定められていた。この日の様子を『日本書紀』は、次のように伝える。

平旦時《あかとき》を取りて、警蹕《けいひつ》既《すで》に動き、百寮《ももつかさ》列《つら》を成し、乗輿《すめらみこと》蓋《きぬがさ》を命《め》して、未《いま》だ出行《いでま》すに及《いた》らざるに、十市皇女《とをちのひめみこ》、卒然《にはか》に病発《やまひおこ》り、宮中《みやのうち》に薨《みまか》ります。此《これ》に由《よ》りて鹵簿《みゆきのつら》既に停《とどま》りて、幸行《いでま》すことを得ず。遂《つひ》に 地 祇《あまつかみくにつかみ》を祭《まつ》りたまはず。

（天武紀七年四月七日）

暗いうちに先払いがまず動き、百官は列を作り、天皇は蓋を命じられて、まだ都を出る前に、十市皇女は突然発病して、宮中に亡くなられた。このため、行

民家が並ぶ路地に鎮まる赤穂神社。

頭塔

珍しい姿をした奈良時代の史跡。

所 在 地：奈良市高畑町 921
見学時間：9:00 ～ 17:00
協 力 金：300 円
見学方法：破石町バス停前にある「ホテルウェルネス飛鳥路」のフロントで見学したい旨を伝える。（春と秋に特別公開期間あり）

幸の列は停められ、行幸は中止された。神を祀ることはできなかった。

そして、わずか七日後、彼女は赤穂に埋葬された（十市皇女の死を悼む高市皇子《たけちのみこ》の挽歌が残る。124ページ参照）。

赤穂神社から少し戻り、左に曲がる。突き当たりを、もう一度左に曲がる。新薬師寺の寺域を示す看板がある。あらためて新薬師寺の広さを実感できる。まもなく、入江泰吉記念奈良市写真美術館。入江の撮った風景写真は万葉歌の情緒を感じさせてくれる。ここはいつ訪れても穏やかな時間が流れる。

写真美術館を出て少し坂を登ると新薬師寺である。十二神将《じゅうにしんしょう》に護られた薬師如来《やくしにょらい》をお参りしたら白毫寺に向かう。

❷ 白毫寺《びゃくごうじ》まで

新薬師寺から白毫寺までの途中、能登川を渡る。

新薬師寺

最盛期には4町(約440メートル)四方の寺域があったという古寺。大きな目の薬師如来坐像(国宝)や、塑造十二神将立像（一躯を除いて国宝）で知られる。

所 在 地：奈良市高畑町1352
拝観時間：9:00～17:00
拝 観 料：600円

能登川《のとがは》の　水底《みなそこ》さへに　照るまでに　三笠の山は　咲きにけるかも

（10・一八六一）

能登川の川底まで照らさんばかりに三笠の山の花々は咲いていることだ。

全山満開の春花の明るさが川底まで届くほどだと歌う。何気ない歌だが、花が川底までも照らすという表現は秀逸である。また、「能登」は「後《のち》」と音が似ていることから（現代語の発音だと、Noto と Nochi はあまり似ていないが、当時は Noto と Noti だった）、

能登川の　後《のち》には逢はむ　しましくも　別ると言へば　悲しくもあるか

（19・四二七九）

（能登川の）後にまたお逢いもしましょうが、すこしの間でも別れるとおっしゃると悲しいではありませんか。

と、餞別の歌にも用いられている。橘《たちばなの》奈良麻呂《ならまろ》（橘諸兄《もろえ》の子。後に奈良麻呂の

乱で拷問死したと考えられている）が官命を帯びて但馬国に下る時に、船王《ふねのおおきみ》（舎人親王の子）が別れを惜しんで詠んだ歌である。現在の能登川は、小さな川であるが、当時の官人たちにはよく知られた川であった。また、

大君の　三笠の山の　帯にせる　細谷川の　音のさやけさ（7・一一〇二）

（大君の）三笠山が帯にしている細谷川の音の澄んでいることよ。

と歌われた細谷川をこの能登川とする説もある。川を山の帯とする表現には、山頂からの景色が裏側に存在している。いや、それだけではない。山を神として理解し、神の帯としての川を表現している。川は山の神の帯であるとともに、山の神から与えられた恵みでもある。間もなく白毫寺。

白毫寺は萩の寺として知られている。萩は『万葉集』の秋の代表的景物でもある。どこにでもある花なのに何故人気があるのだろうか、それともどこでも見られるから人気なのだろうか、どちらかは分からないが、『万葉集』に一四一例。万葉の花の中で最多である。

人皆《ひとみな》は　萩《はぎ》を秋と言ふ　よし我は　尾花《をばな》が末《うれ》を　秋とは言はむ（10・二一一〇）

誰しもが萩こそ秋だという。よし、それなら私は尾花の先を秋と言おうじゃないか。

こんなひねくれ者がいるほど、萩は秋の代表であった。高円山の麓に位置する白毫寺は階段の上にある。境内から見る平城京の景色は素晴らしい。望遠鏡を忘れずに持って行きたい。見渡すと興福寺と薬師寺とは意外に遠く、平城京はとてつもなく広い。ここは志貴皇子《しきのみこ》の別邸跡ともいわれるが、判然としない。ただ志貴皇子が高円山に葬られたことは間違いない。当時の宮廷歌人・笠金村《かさのかなむら》の挽歌が残る。長反歌三首からなる作品だが、ここでは反歌二首をあげる。

高円《たかまと》の　野辺の秋萩　いたづらに　咲きか散るらむ　見る人なしに

志貴皇子が眠る高円山からの眺望。

白毫寺

萩（9月頃）や五色椿（3月下旬頃）が咲く季節、1月と7月に行われる「えんまもうで」には多くの人が訪れる。

所 在 地：奈良市白毫寺町392
拝観時間：9:00～17:00
拝 観 料：500円

（2・二三一）

三笠山　野辺行く道は　こきだくも　繁く荒れたるか　久にあらなくに

（2・二三二）

高円の野辺の秋萩は何の意味もなく咲いては散っているだろう。それを見る人もいないのに。

三笠山の野辺の道はこんなにも茂り荒れてしまったのか、まだ日も経っていないのに。

一首めの「散るらむ」は、今ここにないことを想像する表現。主《あるじ》をなくした高円の萩が無意味に咲き散ることを想像している。それに対し、二首めでは三笠山の実景が歌われる。死後まだ日を経ていないのに、三笠山の道は荒れてしまった。実際には荒れていないのかもしれない。しかし、志貴皇子と自分とを繋いでいた「野辺行く道」が急によそよそしく感じられたのだろう。卒業式からそれほど時を隔てていなくても、通学路の日常性は失われ、学校は過去の空間となる。その光景は、自分の生きている舞台から退場してしまったのである。

白毫寺境内にある「高円の 野辺の秋萩…」の歌碑。

階段を降りたらすぐ右。春日大社に向かう。

❸ 春日大社《かすがたいしゃ》まで

のんびり歩いていると、間もなく東山緑地に到着する。傾斜地に作られた公園は、お弁当を広げるには絶好の場所である。天平十一年（七三九）、聖武《しょうむ》天皇は「高円の野」に遊猟に出られた。当時、「野」は現在と違い、山裾の傾斜地の意味だったので、この付近まで来ていたのかもしれない。

天皇の御狩に驚いたのだろう、小さな獣が平城京に逃げ出して行った。その獣は不覚にも生け捕りにされた。折角生け捕りにしたので、天皇へ献上しようということになる。この時、天平の才女・坂上郎女《さかのうえのいらつめ》は獣に歌を添えた。

ますらをの　高円山に　迫《せ》めたれば　里に下《お》り来る　むざさびそこれ

（6・一〇二八）

丈夫たちが高円山に攻め上って行ったので、里に下って来たむささびです、これは。

「むざさび」はムササビ。当時は「むささび」、「むざさび」の両形があったようで、この歌では「むざさび」と詠まれている。現在でも奈良公園にはムササビが住んでおり、時折ニュースになる。当時も都会・平城京でムササビを見るのは珍しかったのだろう。ところが残念、天皇に献上する前にムササビは息絶えてしまい、献上も取りやめになった。

しばらく行くと赤乳《あかち》神社と白乳《しらち》神社の前を通る。赤乳神社は女性の腰より下の病を治し、白乳神社は腰より上の病によいという。腰が痛いときはどうするのだろう。その時は両方の神社をお参りすれば問題ない。

上《かみ》の禰宜道《ねぎみち》を通って春日大社へと向かう。禰宜道は、その名の通り、禰宜（神主の下の位のことだが、広く神職を指す）の方々の通勤路である。下《しも》の禰宜道、中《なか》の禰宜道もある。皆さんの勤め先・春日大社は藤原氏の氏社である。天平勝宝八年（七五六）に作られた東大寺の四至図（境内図）には、現在の春日大社の位置に「神地」と記されており、万葉の時代、既に聖地であった。また、平城京の郊外にある春日の地は、現代でいえばハイキングやピクニックの地でもあったようだ。「野遊び」の題詞を持つ歌も残る。

春日大社へと向かう「上の禰宜道」。

春日野の　浅茅《あさぢ》が上《うへ》に　思ふどち　遊ぶ今日《けふ》の日　忘らえめやも

（10・一八八〇）

春日野の茅花《つばな》の上に仲間同士で遊ぶ今日の日は忘れられようか。

ももしきの　大宮人は　暇《いとま》あれや　梅をかざして　ここに集《つど》へる

（10・一八八三）

（ももしきの）大宮人は暇があるのだろうか、暇もないのに梅を挿頭《かざし》にしてここに集っている。

二首ともに、抑えきれない浮き立つ気持ちが伝わってくる。しかし、遊び過ぎはよろしくない。神亀四年（七二七）正月、宮中警護をさぼって春日野で打毬《ちょうきゅう》（ホッケーのような遊戯だと考えられている）を楽しんでいた時、春の雷鳴が轟《とどろ》いた。雷は天変地異の一つである。ところが、宮を護るはずのお役人たちはホッケーの真っ最中。雷が落ちた先は宮ではなく、彼ら。全員禁固刑である。その時の歌が残る。

梅柳《うめやなぎ》　過《す》ぐらく惜《を》しみ　佐保の内に　遊びしことを　宮もとどろに（6・九四九）

梅や柳が過ぎてしまうのが惜しくて佐保の内（春日野）で遊んだのに。宮廷中も轟かすほど噂になってしまっている。

「とどろに」は雷鳴と掛けてある。あまり反省している風はない。そもそも反省していたら歌など歌わない。この歌は反歌なのだが、長歌の方も、とても反省しているとは思えない。後悔すれども反省せずの典型である。

ふざけてばかりいたわけではない。春日の地は遣唐使を送る儀式の場でもあった。藤原氏から初めての遣唐大使・藤原清河《ふじわらのきよかわ》が選ばれた天平勝宝三年（七五一）、光明皇太后は春日で餞別の歌を贈っている。

大船《おほぶね》に　ま梶《かぢ》しじ貫き　この我子《あご》を　唐国《からくに》へ遣《や》る　斎《いは》へ神たち（19・四二四〇）

大船に梶をいっぱい取り付けて、この愛しい子を唐の国へと遣わす。守って下され、神たちよ。

春日大社参道。

清河も和する。

春日野に　斎《いつ》く三諸《みもろ》の　梅の花　栄《さか》えてあり待て　帰り来るまで

（19・四二四一）

春日野に祀る社の梅の花よ。咲き誇ったまま待っていておくれ。帰って来るまで。

清河が唐に出発したのは翌年・天平勝宝四年（七五二）のこと。入唐後、着実に任務を果たす。翌天平勝宝五年（七五三）十二月、唐にいた阿部仲麻呂を伴って帰国の途につくも遭難。這《ほ》う這《ほ》うの体《てい》で長安に戻る。その後、ついに日本に帰ることなく唐土に生涯を終える。春日野の梅は待ち続けるしかなかった。

❹ 若草山《わかくさやま》まで

春日大社への参拝を済ませて北上を続けると若草山である。ここまで来たら登るしかあるまい。南ゲートから入り、登山開始である。その前に、「若草山」、「三《み》笠山《かさやま》（御蓋山）」（以下、この山は「御蓋山」と記す）、「春日山」の関係は少し複雑なので、整理しておこう。

まず、「若草山」。この山名は『万葉集』には登場しないけれども、平安時代から現代に至るまで、「若草山」は「若草山」である。山焼きの「若草山」である。ここまではよい。ところが、ご存じのように若草山は三重になっており、ここから「三笠山」とも呼ばれるようになってしまう。「若草山＝三笠山」という誤解が生じてしまった。奈良名物のどら焼きがこの誤解と関係あるか否かはわからない。

次に、「御蓋山」は春日大社の背後の山である。その形が高貴な人がかざしてもらう「蓋《きぬがさ》」（御笠《みかさ》）に似ているところからの名称といわれる。有名な「御蓋の山に出でし月かも」の山である。もっとも「若草山」を「御蓋山」の北麓と見なせば、

今回の若草山登山は南ゲートから。入山料は１５０円。

「若草山＝三笠山」もまんざら間違いとはいえない。ともあれ、本来的な「御蓋山」は春日大社の東方である。

そして、「春日山」はその「御蓋山」の更に背後に控える山である。いわゆる春日山原始林の「春日山」である。ただし、「春日山」と「御蓋山」は一連なりなので、「御蓋山」も含めて「春日山」という場合もあるからややこしい。我々は山名を考える時、どうしても富士山のような独立峰を思い描いてしまう。しかし、多くの場合、山は連山であり、どこまでをどの山とすること自体あまり意味がない。およその区分として把握すべきであろう。

さて、『万葉集』に詠まれた「春日山」と「御蓋山」とを見てみよう。「春日」と「御蓋」とが一首の中に同居する歌は六首。この六首には特定の傾向を見ることができる。

春日《はるひ》を　春日《かすが》の山の　高座《たかくら》の　御蓋《みかさ》の山に　朝去《さ》らず　雲居《くもゐ》たなびき～

（3・三七二）

（春日を）春日の山の（高座の）御蓋の山に毎朝雲がたなびき～

山々の連なりを振り返りながらの登山。途中、親子鹿の姿にいやされる。

この歌では「春日山」が大地名であり、その中の小地名として「御蓋の山」が登場する。次の歌も同じである。

〜かぎろひの　春にしなれば　春日山　御蓋の野辺に　桜花《さくらばな》　木《こ》の暗隠《くれがく》り　かほ鳥は　間なくしば鳴く〜（6・一〇四七）

〜（かぎろひの）春になると春日山の御蓋の野辺には桜花の木陰に隠れてかほ鳥は間断なく鳴き続け〜

そして残る四首は、いずれも「春日なる　御蓋の山」（春日にある御蓋の山）と歌われている。こうした歌い方は平城京から見た「御蓋山」である。

春日なる　三笠の山に　月の舟出づ　みやびをの　飲む酒坏《さかづき》に　影に見えつつ

（7・一二九五）

春日にある御蓋の山に月の船が出たぞ。雅な男たちの飲む酒坏に影を映して

五七七五七七の定型を持つ旋頭歌《せどうか》なので、少し馴染みにくいかもしれないが、歌は極めて優雅である。東の山の端から月の船が昇る。ふと見ると酒を満たした盃に月影が宿る。まさに船である。仕事を終えた官人たちの宴の様子が目に浮かぶ。ただ、あまり実体的に想像すると、ただの酔っ払いの歌に思えてくる。

そろそろ「若草山」の頂上が見えてくる。頂上には『枕草子』にも記されたとされる鶯塚《うぐいすづか》古墳がある。登ってきた甲斐はあった。ここから見る景色には価値がある。勿論、車でも行けるのだが、それだとお散歩にはならない。いや、お散歩にしては、「若草山」は少しきつすぎたか。

「若草山」の下りは膝が笑う。北ゲートから出ると、程なく東大寺の境内である。

若草山頂上にある「鶯塚古墳」。

頂上から見ていた東大寺を目指し下山する。

❺ 奈良県庁まで

天平二一年（七四九）二月、陸奥国《みちのくのくに》から金《きん》が出たとの報告が聖武天皇のもとに届く。同年四月一日、東大寺の大仏建立の金が不足していた聖武天皇は喜びの宣命《せんみょう》（天皇のお言葉）を出す。そして、この宣命には、大伴氏の天皇家への忠節を感謝するくだりが存在していた。

やがて、この情報は、越中国（現在の石川県と富山県）の国守として赴任していた大伴家持のもとにも届く。都を遠く離れた家持の喜びは容易に想像できる。しかも、届いた便りはそれだけではなかった。宣命が出された四月一日をもって、家持は従五位下から従五位上へと昇叙したのである。

この二重の吉報が家持のもとにいつ到着したのかはわからない。ただ、到着から間もない頃といってよいだろう、五月十二日、家持は「陸奥国に金《くがね》を出《い》だす詔書を賀《ほ》く歌一首」という題詞を持つ全一〇七句の長歌を制作する。家持の長歌中、最も長い。この長編は単に出金を寿《ことほ》ぐ意味を持つに留まらない。長歌は長すぎるため掲載できないが、出金を祝うことよりも宣命に大伴の氏名《うじな》があったことを喜んでいる。反歌を見てみよう。

ますらをの　心思ほゆ　大君の　命《みこと》の幸《さき》を　聞けば貴《たふと》み（18・四〇九五）

大伴《おほとも》の　遠《とほ》つ神祖《かむおや》の　奥《おく》つ城《き》は　著《しる》く標立《しめた》て　人の知るべく（18・四〇九六）

天皇《すめろき》の　御《み》代《よ》栄《さか》えむと　東《あづま》なる　陸奥山《みちのくやま》に　金花《くがね》咲く（18・四〇九七）

丈夫の心とはこういうものであった。天皇の宣命を聞けば尊いことだ。
大伴家のご先祖様のお墓はしっかりと験を立てて人に分かるようにしなくては。
天皇家の御代が栄えると、東国の陸奥の国に黄金の花が咲く。

やはり黄金よりも大伴家である。鄙《ひな》に放《はな》たれ、都の状況にも疎《うと》くなっていた家持の気持ちを考えれば、やむを得ないか。東大寺の勧学院境内には第三反歌の歌碑がある。実際のところ、陸奥からもたらされた金でも足りなかったようだが、東大寺の毘盧遮那仏《びるしゃなぶつ》の開眼《かいげん》は、教科書にも書いてある通り、天平勝宝四年（七五二）四月九日であった。

東大寺を抜け、水門町《すいもんちょう》に入る。ここには入江泰吉の旧居が公開されている。季節がよければ、吉城川《よしきがわ》の紅葉を眺めることができる。吉城川は万葉にも歌われている。

我妹子に　衣春日《ころもかすが》の　宜寸川《よしきがは》　よしもあらぬか　妹が目を見む

（12・三〇一一）

我妹子に衣を貸す―春日の吉城川―よし（手立て）がないものか。あの娘《こ》に一目逢いたい。

二重の序と呼ばれるタイプの歌である。「我妹子に衣を貸す」が「春日」を引き起こし、「春日の宜寸川」の「よし」が「よしもあらぬか」を引き起こす。読み慣れていないと文脈について行けなくなるが、最終的にはあの娘に逢いたいという一般的な恋歌である。ただし、すっかり忘れ去られたようであるが、初句、二句では「あの娘に衣を貸す」があった。「ころも」は「きぬ」に比べて下着を示すことが多い。下着を貸された女性は困るように思えるが、そうではない。衣を貸す

入江泰吉旧居

奈良の仏像、風景、伝統行事、万葉の花を撮り続けたことで知られる写真家・入江泰吉が、戦後から亡くなるまで過ごした場所。

所　在　地：奈良市水門町 49-2
開館時間：9:30 ～ 17:00（入館は 16:30 まで）
休　館　日：月曜（祝日の場合は開館し、翌日休館）
入　館　料：200 円

ことは共寝の時にお互いの衣を取り交わしてその上に寝ることを想像させる。結句の「妹が目を見む」にしても、ただ、目を見たいわけではない。大人の恋の歌である。

今日の最後の目的地・奈良県庁へと向かう。県庁東の交差点には、歌碑が一基。

見渡せば　春日の野辺に　霞立ち　咲きにほへるは　桜花かも（10・一八七二）

見渡すと春日の野辺には霞が立ち、そこに咲き映えているのは桜の花だろうか。

春霞の中でもそれとわかるほど花が咲いている。ただ、何の花かは判別できない。見えるような見えないような、わかるようなわからないような、そんな遠景の「春日の野辺」は現在では想像できないが、現在でなければ見ることのできない光景もある。

県庁に到着したら、エレベーターに乗って「県庁舎屋上広場」という味も素っ気もない名称の展望台に向かう。この名称だから穴場なのかもしれないが、いつも空いている。ここからの景色は素晴らしい。万葉人に見せたい。備え付けの望

県庁舎屋上広場から奈良の街を眺める。望遠鏡ものぞいてみて。

遠鏡から興福寺の五重塔を見ると、相輪《そうりん》（塔の最先端部）のアップを見ることができる。風鐸《ふうたく》が下がっていた痕まで見える。

近鉄奈良駅までバスに乗ってもよいが、歩いても十分もかからない。興福寺の北円堂と南円堂の間を降りて駅に向かうと、少し遠回りになるが、人が少なくて歩きやすい。近鉄奈良駅前の行基菩薩にご挨拶して今日の行程はおしまいである。

そうそう。県庁舎屋上広場はいつも空いていると書いたが、若草山の山焼きの日は予約が必要である。そして、この予約、すぐに一杯になる。

興福寺西金堂跡（北円堂の南）。

Route. 3

葛城《かつらぎ》

古えにつづく道を
ひたすら登り、ひたすら降る

葛城古道の山道にて

Route. 3

葛城

コースのポイント

山道の上り下りが多い。すべりにくい靴で万全に

Start

近鉄御所《ごせ》駅→風の森バス停

徒歩60分

❶ 高天彦《たかまひこ》神社

徒歩15分

❷ 橋本院《はしもといん》

徒歩40分

❸ 極楽寺《ごくらくじ》ヒビキ遺跡

徒歩45分

❹ 葛城一言主《ひとことぬし》神社

徒歩30分

❺ 宮山《みややま》古墳

徒歩10分

Goal

宮戸橋《みやこばし》バス停→近鉄御所駅

距離 約12km

このコースの楽しみ

葛城氏は西大和の雄であった。結果的にヤマト王権に組み込まれるが、最後まで抵抗したと考えられている。

今日は、葛城古道《かつらぎこどう》を歩く。大和を歩き慣れている人は、自分の好きな山の姿を心に持っている。「大和三山《やまとさんざん》なら穴師《あなし》からだな」とか、「三輪山は近鉄電車の車窓から」とか、皆それぞれお気に入りの山容がある。しかし、葛城古道から見る山々はおよそ違う。そもそも大和三山は山ではない。眼下に広がる盆地の突起である。三輪山も東側の山塊に過ぎない。眺めていると、この大和を掌中に収めることなど朝飯前に思えてくる。

しかし、これだけ高いところを歩くということは、当然ではあるが、坂が多い。特に高天彦神社までは、本書の中でも屈指の上り坂である。お疲れの出ませぬよう。

葛城ルートMAP

美原
太田南
南阪奈道路
葛城IC
道の駅かつらぎ
中戸
尺土
高田
東室
浮孔
近鉄南大阪線
大和高田市
柿本神社
近鉄新庄
大和新庄
新庄二塚古墳
博西神社
飯豊天皇陵
葛城山麓公園入口
ファミリーマート
近鉄御所線
JR和歌山線
葛城川
葛城市
法城寺
葛城市歴史博物館
忍海
極楽寺
郡山南IC
葛木坐火雷神社
脇田
脇田天満宮
京奈和自動車道
来迎寺
本馬
御所IC
近鉄御所
御所
櫛羅
崇道神社
葛城山ロープウェイ
鴨山口神社
鴨都波神社
ファミリーマート
豊年橋
玉手
セブンイレブン
孝昭天皇山上陵
葛城天神社
三室
孝安天皇陵
満願寺
葛城山
駒形大重神社
九品寺
富田林
御所市
鎌田橋
宮戸橋（帰り・のる）
市杵島姫神社
日本武尊白鳥陵
葛城一言主神社 ❹
名柄
室
冨田
❺ 宮山古墳
天満神社
水分神社
安楽寺
長柄神社
寺田橋
サークルK
309
戸毛
春日神社
葛
高木神社
秋津原GC
御霊神社
小殿
小殿北
市民運動公園
極楽寺ヒビキ遺跡 ❸
住吉神社
巨勢寺塔跡
巨勢山口神社
極楽寺
御歳神社
橋本院 ❷
鳥井戸
正覺寺
吉野口
高天彦神社 ❶
五百家
奉膳
西竜寺
八紘寺
船路
アクアセンター前
卯神社
菩提寺
八幡神社
寶満寺
かもきみの湯
船宿寺
水泥古墳
24
今木北
下市口
高鴨神社
如来寺
薬水
大西橋西詰
風の森（行き・おりる）
N
高宮廃寺跡
風の森神社
JR和歌山線
近鉄吉野線
常福寺
0
1km
徒歩ルート
弥勒寺
東佐味
五条

葛城《かつらぎ》へ

「葛城」の二文字を、現在は「かつらぎ」と読むが、奈良時代は「かづらき」であった。「葛《かづら》」は「かみ（髪）」＋「つら（蔓）」と考えられており、蔓《つる》に通した玉を髪飾りにするものが「玉かづら」である。「かづらく」は、その髪飾りをする意。「かづらきやま」は髪飾りを連想させる山名であった。

その葛城山は大和と難波《なにわ》を隔てる。難波から見ると故郷・大和を隠してしまう山である。次は難波から筑紫に西下する時の長歌の一部である。

～我《あ》が恋ふる　千重《ちへ》の一重《ひとへ》も　慰《なぐさ》もる　心もありやと　家のあたり　我《わ》が立ち見れば　青旗《あをはた》の　葛城山《かづらきやま》に　たなびける　白雲隠る～（4・五〇九）

～妻恋しさの千分の一でも慰められる心もあるかと、家のあたりを見ようと立って見渡すと、（青旗の）葛城山にたなびいている白雲に隠れていて～

大和と難波の間に横たわる葛城山。

白雲たなびくあの山の向こうが大和。現在でも大阪から東を眺めると、西の空は晴れていても、東に並ぶ葛城～金剛山系には雨後の雲が残る。先ほどの歌は西に下る旅人の実感だろう。

一方、大和盆地側から眺めると、葛城山は二上山の左側に屏風のように連なっている。大和三山のように、住まいのすぐそばにある山ではなく、遠く眺める山であった。

春柳　葛城山に　立つ雲の　立ちても居《ゐ》ても　妹をしそ思ふ（11・二四五三）

（春柳）葛城山に立つ雲～立っていても座っていても妹のことが思われる。

教科書的にいえば、「立つ雲の」までが序詞《じょことば》で、歌の本旨は「立っていても座っていても あの娘のことが思われる」にある。それは決して間違いではない。しかし、万葉歌にあって、序詞の部分は歌全体の中で重要な意味を担うことが多い。

いつも頭から離れないあの娘《こ》は、葛城山のように遠く手の届かない存在で、芽吹いたばかりの柳を髪飾りにするような美しい女性である。そして、そこに立つ

雲を見ながら自らの心のありようを表現する。さらに、この表現の背景には、

雲だにも　著《しる》くし立たば　心遣《こころや》り　見つつも居《を》らむ　直《ただ》に逢ふまでに

（11・二四五二）

雲だけでもはっきりと現れたら、（あなたと思って）恋心を払いながら見ながらおりましょう。肌を重ねるまでは。

のように、せめて雲だけでも立てば、それをあなたと思って恋うていられるのにという考え方が存在する。しかし、実際に雲が立つと、居ても立ってもいられない。そもそも恋とはそういうものだろう。

近鉄御所駅前からバスに乗り、風の森のバス停で下車する。そして、葛城山に立つ雲を見ながら、坂を登って行こう。葛城の道は高天彦神社までの登り（というより登攀《とはん》に近い）と、橋本院からの下りがポイントである。

❶ 高天彦《たかまひこ》神社まで

高鴨《たかかも》神社に参拝する。高鴨神社は、平安時代に編纂された日本の神社一覧（『延喜式　神名帳』）にもその名前が見える古社であり、鴨氏発祥の地ともされる。その鴨氏は、三輪山を奉祭する大神氏とともに「意富多々泥古《おほたたねこ》」（126ページ参照）の子孫とされる（『古事記』）。「意富多々泥古」の子孫は大和盆地の東西の要地を押さえていた。今日は大和盆地の西端、朝日の当たる葛城古道を歩く。

高鴨神社から道標に従って、北上して行く。大和の国中《くんなか》を見渡せる。車も多く、それほど歩きやすくはないが、畝傍山《うねびやま》が遥かに下に見え、自分の視線の高さに驚かされる。畝傍山のなんとかわいらしいことよ。

さぁ、いよいよ高天彦神社にアタック。登り疲れた頃に「高天彦神社参道」と書かれた道標と標柱《しめばしら》が登場する。少しほっとするが、安心してはいけない。ここからが本番である。お世辞にも整備されているとはいいがたい山道をさらに登る、登る、登る。高天彦神社である。

高鴨神社

全国の鴨（賀茂・加茂）がつく神社の総本宮。祭神はアジスキタカヒコネであり、別名を迦毛大御神（かものおおみかみ）という。

所在地：御所市鴨神 1110

高天彦神社も高鴨神社同様、『延喜式』に名を残す。そして、この付近は住所も奈良県御所市高天《たかま》（正確に記せば高天彦神社の住所は御所市北窪《きたくぼ》である）。ここが「高天原《たかあまのはら》」であるという伝説が残る。「高天原」は、勿論『古事記』に登場する天上世界である。その「高天原」は、現代では「タカマガハラ」と読まれることが多いが、当時は、「タカアマノハラ」であった。

ご本家の『古事記』の冒頭には、

天地《あめつち》初めて発《あらは》れし時に、高天原《たかあまのはら》に成りし神の名は、天之御中主神《あめのみなかぬしのかみ》。「高」の下の「天」を訓《よ》みて「阿麻《アマ》」といふ。下《しも》これに効《なら》へ。

天地が初めてあらわれた時、高天原に成った神の名は天之御中主神。「高」の下の「天」の字は「阿麻」と訓む。これから先、これと同じにせよ。

とある。「天」は「アマ」と訓《よ》めというわけだ。「天《あま》」と「天《あめ》」とは同じ意味だが、「天《あめ》」の下にことばが続く時、「あめ」は「あま」となる。「天照」は「アメテラス」ではなく、「アマテラス」である。つまり、『古事記』の記述は「高天原」の三文字は、

高鴨神社から高天彦神社へは、ひたすらに登る。

「高《たか》＋天《あま》の原《はら》」（「天《あま》が原《はら》」ということばは、奈良時代の文献に登場しない）であって、「高天《たかま》＋が＋原《はら》」ではないことを示している。「天《あま》の原《はら》」の中でも「特に高い天の原」が「タカアマノハラ」である。残念だが、「高天」という地名と「高天原」とは結びつけられない。

たしかに論理的にお話を進めるとそうなのだけれども、苦労して登ってきた身にとっては、この地こそ「高天原」。正しいことと良いこととは別である。

では、「高天」とは何か？ その前に休憩を取り、息を整え、橋本院へと向かおう。

❷ 橋本院《はしもといん》まで

高天彦神社を出発すると、一言主神社の鳥居まで基本的に下りである。ただ、下りにもいろいろな下りがある。

橋本院までの道は気持ちよい。普段とは違う大和盆地が見える。登った甲斐があるというものだ。橋本院の駐車場には歌碑。

高天彦神社

古代豪族・葛城氏の最高神、高皇産霊神（たかみむすひのかみ）を祀る。御神体は、社殿の背後にそびえる円錐形の白雲峯（694m）。

所在地：御所市高天

葛城《かづらき》の　高間《たかま》の草野《かやの》　はや知りて　標刺《しめさ》さましを　今そ悔しき（7・一三三七）

葛城の高天の茅野を前から知っていて、標を刺して占有地としておくべきだった。今となっては悔しい。

この歌に登場する「高間」こそ「たかま」である。「間《ま》」は空間（お茶の間《ま》）にも時間（間《ま》もなく）にも用いられる。一定の幅を持った時空を示すことばが「間」である。従って「高間」は高いところにある土地を示す。これが「高天原《たかあまのはら》」と入り交じってしまったのだろう。

さて、この歌、一体何を歌っているのか。右に付した口語訳だと、私有地の争いごとか、開発業者の嘆きである。しかし、この歌は「譬喩歌《ひゆか》」に分類されている。「譬喩歌」とは、表と裏の意味があり、裏の意味は恋歌になっている歌々の総称である。ここは、「高間の草野《かやの》」が女性、「標刺す」は恋仲になることの譬喩となっている。都から見て遠くに見える葛城にこんなに美しい女性がいたとは！　もっと早くに知っていたら、どうにかしたのに。今となっては悔しいだけ。チャラ男の嘆きである。

橋本院から極楽寺までは、どんどん降りる。滑らないように気をつけて。

「瞑想の庭」と名付けられた橋本院の境内の隅に猪除けの柵がある。簡易なドアも付いている。これを開ける。結界が破れ、猪界への旅が始まる。「猪が出て来たらどうしよう」と思うのは最初だけである。急な坂を降りる。「あんなに苦労して登ったのに、もう降りてしまうのか」と思うのも最初だけである。足を滑らさぬよう歩くのが精一杯である。下る、下る、下る。下り終えると、渡ってよいかどうか分からないような突堤を渡る。再び柵。ドアを開けて人間界に戻る。猪に出会わずにほっとする。

間もなく極楽寺。

❸ 極楽寺《ごくらくじ》ヒビキ遺跡まで

極楽寺は鐘楼門《しょうろうもん》（上部に鐘楼が設置されている山門）で有名である。境内で一休みさせてもらって、階段を降りる。この階段下から見ると、鐘楼門がよくわかる。車の多い道を渡り、右に折れる。この付近が極楽寺ヒビキ遺跡である。平成十六年（二〇〇四）ここから大きな居宅跡が発見された。葛城氏のものではないかと

極楽寺の鐘楼門。

いわれる。しかも、この居宅、高温で短時間のうちに焼亡しているという。普通の火事とは思えない。

思い合わされるのは、『日本書紀』の雄略条である。雄略の兄・安康《あんこう》天皇は大草《おおくさ》香皇子《かのみこ》を殺したことを皇子の子供である眉輪王《まよわのおおきみ》に知られ、暗殺される。即位前の雄略は激怒し、自分の兄・八釣白彦皇子《やつりのしろひこのみこ》に嫌疑をかけ、殺してしまう。次兄・坂《さか》合黒彦皇子《いのくろひこのみこ》にも疑いの目を向ける。黒彦皇子は雄略を恐れ、眉輪王とともに葛城氏を頼って円大臣《つぶらのおおおみ》の家に隠れる。円大臣は、雄略の面前にあらわれ、「以前、あなた様が求婚された我が娘・韓媛《からひめ》は参内《さんだい》させます。また、葛城の七つの村も献上しましょう。しかし、臣下が大王を頼って身を寄せることはあっても、その逆はなかったことです。その方々を見捨てることはできません。」と奏上する。

これを許す雄略ではない。『日本書紀』は続けて、

天皇《すめらみこと》、許さずして、火を縦《はな》ち宅《いへ》を燔《や》きたまふ。是《ここ》に大臣《おほおみ》と、黒彦皇子・眉輪王と、倶《とも》に燔《や》き死《ころ》されぬ。

雄略はこれを許さず、火を放ち円大臣の家を焼き払った。ここに円大臣、黒彦

皇子、眉輪王は、皆焼き殺された。

と記す。この記事と極楽寺ヒビキ遺跡との関係が指摘されている。雄略の宮は大和盆地の東にある。葛城氏は大和盆地の西に強大な勢力を誇っていた。東の王が西の王を滅ぼしたのである。『日本書紀』の記述とこの遺跡とを本当に関連づけてよいかは性急に判断できない。埋め戻され、元通りの柿畑を見ながら、あれこれ考えてしまう。

ここから少し降りると春日神社。左に折れれば、一言主神社の鳥居までほぼ一本道である。

❹ 葛城《かつらぎ》一言主《ひとことぬし》神社まで

一言主神社の鳥居の横には、相当無理をして付けたと思われる車道がある。鳥居を抜けて坂を登って行けば、一言主神社に到着する。

実在したことが間違いないといわれる最初の天皇は、第二十一代・雄略である

一言主神社の参道横を通る車道。

（137ページ参照）。五世紀に九州から関東にまで勢力を及ぼしていたと考えられている。ある時、雄略は葛城に狩りに出掛ける。そこに巨大な猪が現れる（今日は出会わずに済んだ）。雄略はこの猪を射る。手負いの猪は唸《うな》り声をあげて雄略に向かってくる。雄略は榛《はしばみ》の木（落葉高木、十五〜二十メートルになる）に登り、難を逃れ、歌う。木の上で歌う。猪が傍にいても歌う。この大ピンチに歌を歌う。そんな場合かと文句を言ってはいけない。

やすみしし　我が大君の　遊ばしし　猪《しし》の　病《や》み猪《しし》の　うたき畏《かしこ》み　我が逃げ登りし　在《あ》り丘《を》の　榛《はり》の木《き》の枝《えだ》（記九七）

（やすみしし）我が大王が狩りをなさった猪、その手負いの猪の唸り声が恐ろしくて、私が逃げ登ったひときわ高い丘の榛の木の枝よ。

「我が大君」が雄略であり、途中の「我が逃げ登りし」の「我」も雄略である。おかしい。おかしいけれど、そう理解するよりない。作者が別にいて、最初はその作者が雄略を第三者として歌っていたのに、途中から雄略自身になってしまったなどともいわれるが、今は深入りしない。あるがままの『古事記』を受け入れておこう。何しろ猪に追われた木の上で歌うほどである。さぁ雄略の運命や如何に。

ところが、このお話はこれで終わってしまう。

しかし、大王が葛城の猪から逃げ出したままで済ますわけにはいかない。『古事記』はこの直後に、有名な一言主との邂逅《かいこう》の逸話を載せる。

雄略は、再び葛城に出向く。官人たちに正装させて葛城山に登る。すると向こうから全く同じ服装をした一行が登場する。何を言ってもおうむ返しのことばしか返ってこない。双方弓を引き、開戦寸前まで行くが、雄略が相手の名前を尋ねると、

吾《あれ》、先《ま》づ問《と》はえつ。故《かれ》、吾、先づ名告《なの》りを為《せ》む。吾は、悪《あ》しき事なりとも一言《ひとこと》、善《よ》き事なりとも一言、言《い》ひ離《はな》つ神、葛城之一言主之大神《かづらきのひとことぬしのおほかみ》ぞ。

私が先に問われた。なので、私が先に名告《なの》ろう。私は悪いことでも一言、善いことでも一言で言い放つ神、葛城之一言主之大神である。

葛城一言主神社

地元の人からは「いちごんさん」と呼ばれ、親しまれている。境内には「乳銀杏」というイチョウの古木がある。

所在地：御所市森脇

と、返答があった。ここにはじめて会話が成立する。『古事記』の中で、人間である天皇が神と直接会話を交わす唯一の場面である。雄略が特別な大王であることを示すとともに、ついに葛城の神が姿をあらわす。

神に先に名告らせてしまった雄略は、一言主大神に対する非礼を詫び、官人たちの服を脱がせて献上する。一言主大神は献上品を受け取ってから、葛城山を下り、雄略の宮のある泊瀬の山口まで見送った。衣類を献上してしまった官人たちの帰途の様子を考えると笑ってしまうが、神座《かむくら》を離れることは神としての資格にも抵《てい》触《しょく》する。伊勢や出雲の遷宮を考えてみても、神の移動がどれほど大変なものかは容易に想像が付く。雄略は、一言主大神を葛城から引き剥がし、自分の宮のある泊瀬まで来させたのである。雄略はここに葛城の地を平定したといってもよい。

そろそろ陽が傾いてくる。最終目的地・宮山古墳へと向かう。

❺ 宮山《みややま》古墳まで

一言主神社から国道三〇九号線を東に下る。三十分ほどで「室《むろ》の大墓《おおばか》」とも呼ばれる宮山古墳に到着する。五世紀初頭から中葉にかけての築造といわれる。ここが本日の最終目的地。八幡神社の境内の横から急な階段を登ると、墳頂《ふんちょう》に到着する。二基の竪穴式石室が確認されており、「王者の棺《ひつぎ》」といわれる長持形石棺が顔を見せている。ジャンプして下に降りれば、盗掘孔から中を見ることも可能である。この墓の主は葛城襲津彦《かづらきのそつひこ》ともいわれる。襲津彦は日本の文献に残る人名中、最も古い実在の人物と目されている。仁徳天皇の后・磐姫《いわのひめ》の父である。

襲津彦は、『日本書紀』に何度も登場し、韓半島への使者として描かれる。しかし、『日本書紀』を鵜呑みにすれば、百五十年以上に渡り活躍していたことになる。複数のモデルが存在したか、情報に錯綜《さくそう》があったのだろう。ただ、『日本書紀』に引用される『百済記《くだらき》』（百済で編纂されたらしい歴史書だが、現存しない）には、同一人物と思しき人が「沙至比跪《さちひく》」と記される。日韓の言語の相違を考えると、「そ

宮山古墳

石棺のでっぱりは、縄をかけて動かすためのもの。出土品は橿原考古学研究所附属博物館に常設展示されている。

所在地：御所市室宮山 335

つひこ」と「さちひく」とは、同一人物と認めてよいだろう。『百済記』の記述を信じる限り、襲津彦は実在の人物である。

そして、襲津彦は、数百年後の万葉の時代でも有名人だった。

葛城の　襲津彦《そつひこ》真弓《まゆみ》　荒木《あらき》にも　頼めや君が　我が名告りけむ（11・二六三九）

葛城の襲津彦が持っていた真弓の材料のように、しっかりと頼りにするとあなたは私のことを思って、他の人に私の名前を明かしたのでしょうね。

襲津彦は弓の名手としても知られていたのだろう。「荒木」は切り出したばかりの木で、弓の原材料といわれる。「あなたの思いは、襲津彦が使う弓の原材料のような確かな気持ちなのでしょうね。私の名前を人に話すなんて」とは、ほとんど詰問である。現在でもそうかも知れないが、付き合っている女性の名前を他人に漏らすには、よほどの覚悟が必要である。この女性、友人から「あなたと付き合っているって、あの人言っていたわよ」とでも聞いたのだろう。さぁ、襲津彦君、ここでどう答えるか、人生の岐路かも知れないよ。

宮山古墳近くの民家。

宮山古墳からは靫《ゆき》（背負子型の矢の入れ物）の埴輪も出土している。墳頂にはその靫型埴輪の複製が設置されている。襲津彦が身近に感じられる。

夕暮れの中、バス停に急ぐ。御所駅方面のバスは一時間に一本くらいしかない。一言主神社を出る頃に時間を調整しておくことをお勧めする。

そうそう、宮山古墳は、時節を問わず蚊がとても多い。虫除けスプレーをお忘れなく。

靫（ゆき）型埴輪の複製。靫は矢を入れて背中に背負う道具である。埴輪もいろいろ。

おまけ

柿本神社

御所駅まで戻り、時間に余裕があれば、新庄で途中下車してすぐそばの柿本《かきのもと》神社に立ち寄ることにしている。境内は人麻呂一色である。隣接する公民館の名前も「柿本人麻呂公民館」である。

全国には百社以上の柿本神社や人麻呂神社が存在する。「人麻呂」↓「ひとうまる」の縁で安産の神として祀られていたり、「人麻呂」↓「火止まる」で火除けの神となっていたり、柿本人麻呂も結構忙しい。その中で、この柿本神社、天理市にある和爾下《わにした》神社、明石の柿本神社、そして、人麻呂の死地とも伝えられる島根県益田市の高《たか》津《つ》柿本《かきのもと》神社の四社が最も有名ではなかろうか。

人麻呂の歌に惹かれ『万葉集』を読み始めた人も多いと思う。『万葉集』との一期一会の御礼をこめての参拝である。

おさんぽひとやすみ

二上山

奈良盆地から西を見やると二上山が見える。夕陽の沈む山であり、月が隠れる山である。現在では「にじょうさん」というが、「ふたがみやま」の方がしっくり来る。北の頂きが雄岳《おだけ》、南の頂きが雌岳《めだけ》。雄岳の山頂は大津皇子《おおつのみこ》のお墓に治定されている。実際には、この雄岳の頂上に墓を築くわけもなく、あくまでも伝承に基づくものである。しかし、くたくたになって雄岳を登って来ると、その伝承を信じたくもなる。

大津皇子については、今は多くを語るまい。

大津皇子の刑死後、おそらく翌年だろう。大津皇子の屍は二上山に移葬された。このこと、『日本書紀』に見えず、『万葉集』にのみ見える。「移葬」の時に姉・大伯皇女《おおくのひめみこ》が詠んだ歌が残る。

うつそみの　人なる我や　明日よりは　二上山を　弟《いろせ》と我が見む（2・一六五）

この世を生きる人である私は明日からは二上山を弟として見続けるのだろうか。

「うつそみ」は現世を意味する。『源氏物語』の「空蝉」のような無常観はここにはない。ひたすらに生き続ける人間が「うつそみ」である。その「うつそみ」の世界と、「二上山」と歌われる死後の世界との対比が悲しい。山は動かない。その山に葬られた弟ももう動かない。

この歌が余りにも有名であるため、『万葉集』の代表的な山の一つとして「二上山」は知られているが、実は、他に三首しかない（越中の二上山は九首も詠まれている）。

紀伊道《きぢ》にこそ　妹山ありといへ　玉櫛笥《たまくしげ》　二上山も　妹こそありけれ（7・一〇九八）

紀州路に妹山があるというが、（玉櫛笥）二上山にだって妹の山がある。

大坂を　我が越え来れば　二上に　もみち葉流る　しぐれ降りつつ（10・二一八五）

大坂（現在の穴虫峠）を越えてくると、二上山に空から黄葉が流れ来る。時雨も降り続ける。

二上に　隠らふ月の　惜しけども　妹が手本《たもと》を　離《か》るるこのころ（11・二六六八）

二上山に隠れる月が惜しいように、惜しいけれどもあの娘の手枕からすっかり離れてしまっているこの頃だ。

一首めは紀伊国に妹山があるのだから二上山にも妹山（雌岳）があると、ことば遊びの歌である。二首めは難波から二上山を越えて来た時の大和の景、三首めは序詞の中。いずれも二上山そのものを詠んでいるとはいいがたい。『万葉集』に歌われた山のトップスリーは春日山十九例、三笠山十六例、奈良山十五例である。平城京遷都後、万葉人にとって二上山は大津皇子とともに遠い山になってしまったのであろう。

大津皇子事件から一二九七年後の昭和五八年（一九八三）、当麻寺の西一キロメートルほどのところに、偶然古墳が発見された。地名から鳥谷口《とりたにぐち》古墳と命名された。七世紀後半の築造と思われ、ここを大津皇子の墓だとする説がある。付近には他に同時代の古墳も見当たらない。行く度に鳥肌が立つ。

Route. 4

山辺の道《やまのべ》

今日はどのルート？
何度歩いても楽しみがある

布留の高橋から石上神宮へ向かう道

Route.
4

山辺《やまのべ》の道

コースのポイント

距離が長く上りも。それでも楽しい素朴な道

Start 天理駅

徒歩30分

❶ 石上神宮《いそのかみじんぐう》

徒歩60分

❷ 衾田墓《ふすまだのはか》まで

徒歩30分

❸ 伝崇神陵《すじんりょう》（行燈山古墳《あんどんやま》）まで

徒歩30分

❹ 伝景行陵《けいこうりょう》（渋谷向山古墳《しぶたにむかいやま》）

徒歩35分

❺ 檜原《ひばら》神社まで

徒歩30分

❻ 大神《おおみわ》神社

徒歩10分

Goal 三輪駅

距離 約15.5km

このコースの楽しみ

大学生の時、初めて山辺の道を歩いた。いや、走った。僕が持っていたガイドブックには「レンタサイクルでも行ける」と記されており、それを信じた。とんでもないことだった。自転車の場合は山辺の道の山裾を走るということを知ったのは、随分後のことである。

今日は、山辺の道を歩くけれど、その山裾まで降りる。そして、伝崇神陵と伝景行陵をぐるりと巡る。一般的な山辺の道ではないルートであるが、ひと味違う巻《まき》向連山《むくれんざん》の姿を見ることができる。そして、箸墓《はしはか》まで足を伸ばす。箸墓越しに見る三輪山は、僕のお気に入りである。

最後に。本書に触れられなかったことを書くのはルール違反だけれど、普通のルートを歩くときは、是非、珠城山《たまきやま》古墳群と穴師坐兵主《あなしにいますひょうず》神社にも立ち寄って欲しい。

山辺の道ルート MAP

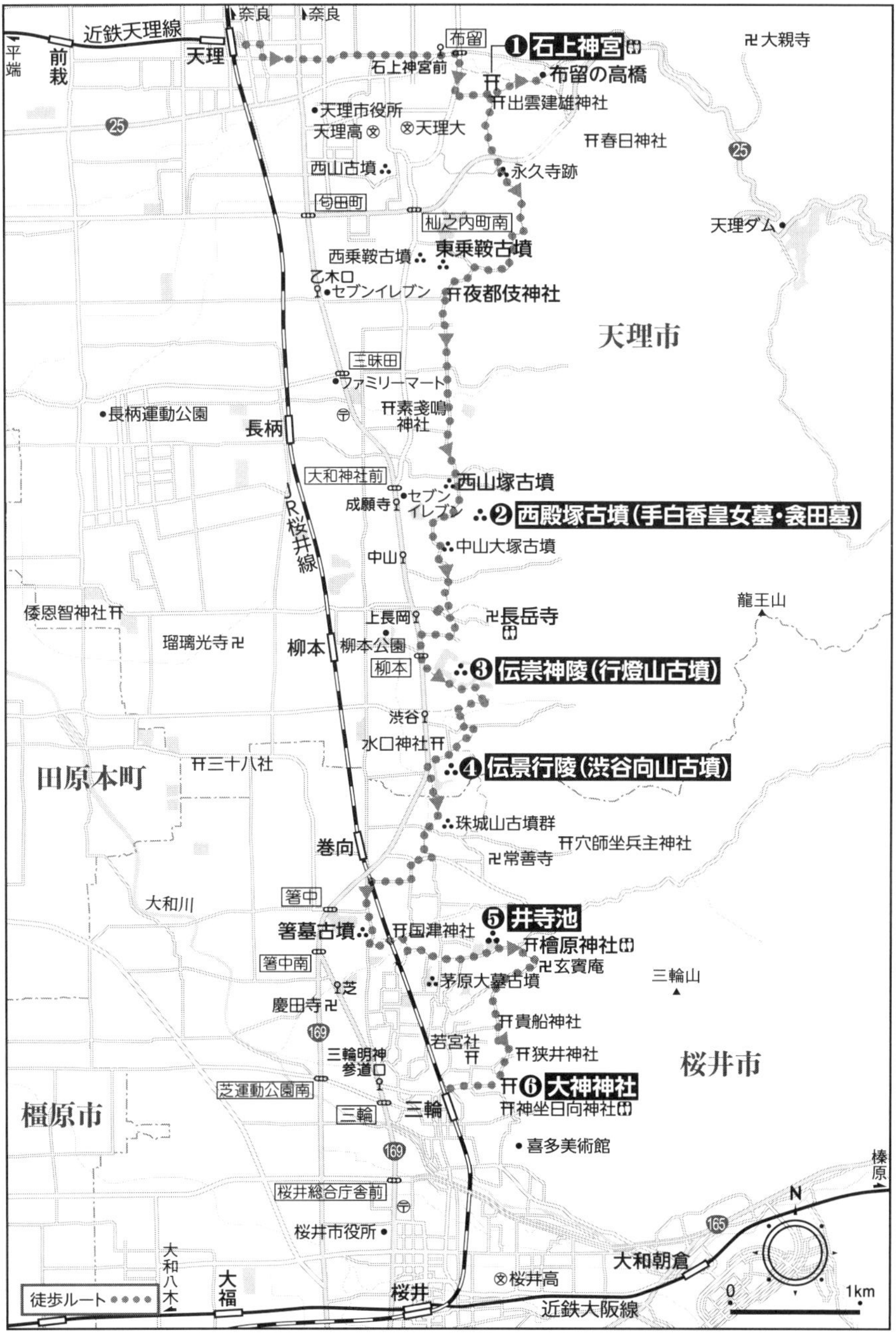

奈良
奈良
近鉄天理線
平端
前栽
天理
布留
石上神宮前
❶石上神宮
布留の高橋
出雲建雄神社
大親寺
天理市役所
天理高
天理大
春日神社
25
25
西山古墳
永久寺跡
勾田町
杣之内町南
天理ダム
西乗鞍古墳
東乗鞍古墳
乙木口
セブンイレブン
夜都伎神社
天理市
三昧田
ファミリーマート
素戔嗚神社
長柄運動公園
長柄
大和神社前
西山塚古墳
成願寺
セブンイレブン
❷西殿塚古墳（手白香皇女墓・衾田墓）
JR桜井線
中山大塚古墳
中山
龍王山
倭恩智神社
上長岡
長岳寺
瑠璃光寺
柳本
柳本公園
柳本
❸伝崇神陵（行燈山古墳）
渋谷
水口神社
三十八社
❹伝景行陵（渋谷向山古墳）
田原本町
珠城山古墳群
穴師坐兵主神社
巻向
常善寺
箸中
大和川
❺井寺池
箸墓古墳
国津神社
檜原神社
箸中南
玄賓庵
茅原大墓古墳
三輪山
芝
慶田寺
169
貴船神社
若宮社
三輪明神参道口
狭井神社
桜井市
芝運動公園南
❻大神神社
三輪
三輪
神坐日向神社
橿原市
169
喜多美術館
榛原
桜井総合庁舎前
N
165
桜井市役所
大和八木
大和朝倉
桜井高
大福
桜井
0
1km
徒歩ルート
近鉄大阪線

❶ 石上神宮《いそのかみじんぐう》

山辺の道を歩くのは楽しい。何度歩いても楽しい。大神《おおみわ》神社に参拝してから北に向かう道。石上神宮にお参りしてからの南下。どちらにもそれぞれの魅力がある。今日は石上神宮から大神神社に向かって南に歩こう。徐々に大きく見えて来る三《み》輪《わ》山《やま》目指して、上り下りのある約十五・五キロの行程。何回かに分けて歩くのもお勧めである。

天理で電車を降りてから石上神宮までは徒歩だと三十分。バスがないわけではないが、一日に数本しかない。タクシーで行ってしまうのも一つである。

石上神宮の神杉《かむすぎ》に迎えられ、ほの暗い参道を歩く。いったい何度目だろう。柿本人麻呂の歌碑を見るのも何度目だろう。

娘子《をとめ》らが　袖布留山《そでふるやま》の　瑞垣《みづかき》の　久《ひさ》しき時ゆ　思ひき我は（4・五〇一）

可愛いあの娘が袖を振る―布留山の神々しい垣根が古く久しい―久しくも長い

「娘子らが…」の歌碑。

石上神宮

物部氏ゆかりの古社。大和朝廷の武器庫であった。国宝（非公開）の「七支刀」で知られる。境内各所に様々な種類のニワトリが闊歩する。

所在地：天理市布留町 384

間お前のことを思っていたのだよ。私は。

この歌、巻四には柿本人麻呂の作歌とある。一方、巻十一には「柿本人麻呂歌集」から取られた歌として、

娘子らを　袖布留山の　瑞垣の　久しき時ゆ　思ひけり我は（11・二四一五）

可愛いあの娘に袖を振る―布留山の神々しい垣根が古く久しい―久しくも長い間お前を思ったものだ。私は。

が掲載されている。ほとんど同じ歌だが、よく読み比べて欲しい。前者は、娘が袖を振っている。男はそれを自分に振っていると理解する。「この瞬間を僕はずっと待っていたんだ」ということか。それに対して後者は男が袖を振る。こちらは片思いの可能性が高い。そして結句の「思ひけり我は」は、自分の思いにはっと気付いた瞬間を示す。「思い返せば随分前から好きだったんだ」と振り返る。どちらの男性も相手の女性を思う気持ちに変わりはないが、恋の成就の可否は歌を受

け取る女性の側にある。
女性から歌いかける場合もある。

春山の　馬酔木《あしび》の花の　悪《あ》しからぬ　君にはしゑや　寄《よ》そるともよし
（10・一九二六）

石上《いそのかみ》　布留《ふる》の神杉《かむすぎ》　神びにし　我やさらさら　恋にあひにける（10・一九二七）

春山の馬酔木の花（あし＝悪《あ》し）…悪くない＝嫌いではないあなたならば、ええい、騒がれても構わないわ。
石上の布留の神杉―（神びにし）年老いてしまった私が今さらのように恋に出会ってしまった。

贈歌、女性の気持ちは、「好き」ではない。「嫌いではない」である。そんなあなたとなら「ええい、噂になってもいい」と歌う。この感情、複雑である。一方、男の答えは「こんな年になって恋をするとは思わなかった」というのだから、この二人の年齢差、推して知るべしである。勿論こうしたやり取りは、内容の面白さもあるが、女歌は「あしびの花」をそれとなく自分にたとえ、男歌は石上神宮の、古いけれども荘厳な杉を女性に提示する点を見逃してはならない。景と情との交響を意識しながら読むと万葉の歌はもっと面白い。

参道に長居しすぎたようだ。境内に入ろう。ただし楼門から拝殿の方には入らずに、そのまま真っ直ぐ進む。左に曲がると木暗《こぐら》い道である。北山辺の道はここから始まる。少し遠いが、ハタの滝（布留《ふる》の高橋《たかはし》）までは徒歩で十分ほど。

石上《いそのかみ》　布留の高橋　高々に　妹が待つらむ　夜そ更けにける（12・二九九七）

石上の布留の高橋—（高々に）首を長くしてあの娘《こ》が待っているだろうな。夜はすっかり更けてしまった。

ここで紹介した五首は序歌と呼ばれる歌ばかりである。歌い出しの景色は、あることばを境に感情表現へと変化してゆく。中には単なる音の繰り返しのものもあるが、最後まで読み通したときに、「おっ、そう来たか」と納得できる歌が多い。

石上神宮近くの石灯籠。

石上神宮から山辺の道へ。

序歌を楽しめるようになったら上級者である。

さて、夜が更ける心配はないが、高橋まで行くと少し時間が心配になる。山辺の道を一日で歩く場合は、早めに石上神宮に引き返そう。来た道を戻り、右に曲がると石上神宮が道の右側に見える。朝早い時分だと張り詰めた空気を味わえる。ここから見る石上神宮がお気に入りである。

鶏の声を聞き、参拝を済ませ、鏡池に住む馬魚《ばぎょ》（ワタカ）を見つけたら、出発。

❷ 衾田墓《ふすまだのはか》まで

山辺の道の楽しみの一つに野菜と果物がある。道端の無人販売所で一袋百円。今から約三十年前、初めて歩いた頃から一袋百円。申し訳ない気もする。

急な石畳を降りて、少しすると大和盆地が右手に広がる。二上山《にじょうさん》から葛城《かつらぎ》・金《こん》剛《ごう》が見渡せる。さらに坂を下る。もう少しで夜都伎《やとぎ》神社という頃、右側に東乗鞍《ひがしのりくら》古墳がある。極めて分かりにくい場所にあるのでよく調べてから行った方がよい。横穴式石室が開口しており、山辺の道では珍しい、石室内まで入れる古墳である。

山辺の道の各所には無人販売所があり、季節の農産物が並ぶ。100円玉をポケットに用意して歩こう。

夜都伎神社の手前の細道を北に、そして竹林の道を西に進むと、東乗鞍古墳がある。案内板がないので、下調べが必要。

夜都伎神社を離れて三十分ほど歩くと、右手に西山塚《にしやまづか》古墳。西山塚古墳はこの付近の古墳の中では飛び抜けて新しい。他の古墳が三～四世紀の築造であるのに対して、この古墳は六世紀前半と推定されている。といっても、ミカン畑になっていて、気をつけていないと間違いなく見逃してしまう。

西山塚古墳の横の細い路地を歩いて行くと、右手に五社《ごしゃ》神社。ここを左に曲がると西殿塚《にしとのづか》古墳（手白香皇女《たしらかのひめみこ》墓）は目の前である。ただし途中から道なき道となる。西殿塚古墳の遥拝所は、古墳の南側なのでさらに行きにくい。覚悟しておこう。

手白香皇女は仁賢《にんけん》天皇の皇女であり、継体《けいたい》天皇（六世紀前半）の皇后である。西殿塚古墳は大和《おおやまと》古墳群中、最大規模を誇るが、三～四世紀の築造と考えられており、手白香皇女のものとは考えられない。そんなこともあり、先に登場した西山塚古墳を手白香皇女のお墓とする向きもある。その可能性は高いように思うが、それにしても、この二つの古墳、名称が似過ぎである。

手白香皇女墓から本来の山辺の道ルートに戻り、墳頂に登ることもできる中山大塚古墳を過ぎると、ほどよい直線道路に、

西山塚古墳。

西殿塚古墳（手白香皇女墓）。

衾道《ふすまぢ》を引手《ひきで》の山に妹を置きて山路を行《ゆ》けば生《い》けりともなし（2・二一二）

（衾道を）引手の山に妻を置いて来て、一人山路を行くと生きた心地もしない。

の歌碑が見えて来る。柿本人麻呂が妻を失った時の挽歌中の一首である。「衾道」をこの付近と考える根拠が、先ほどの手白香皇女の墓である。というのも、日本最古の陵墓データベースといってもよい「諸陵式」（『延喜式』）に、

衾田墓《ふすまだのはか》　手白香皇女《たしらかのひめみこ》。大和国、山辺郡に在《あ》り。兆域東西二町。南北二町。守戸無し。山辺道《やまのべのみち》匂岡上陵《まがりのをかのへのりよう》戸《こ》をして兼守せしむ。

と、手白香皇女の墓を「衾田墓」としているからである。「ふすま」を含む地名はあまり見られないことから、「衾道」と「衾田」は近くと考える。ただし、「衾」は現在の「襖」と違い、掛け布団の意である。「衾道」と呼ばれる地名があり、そこに「引手の山」があったということになる。となると「引手の山」は現在のどこか？不明である。東に連なる山々のどこかと考えておくよりあるまい。

しかし、「引手の山」が葬地であったことは間違いない。そこに最愛の妻を置いて来ざるを得なかった男、彼の心の襞《ひだ》の一つ一つを正確に表現することなど誰に

「衾道を…」の歌碑。

歌を思いながらこの道を歩いていると、大切な人を失う悲しみが、行く人の胸にも込み上がるだろう。

もできない。我々は、男と妻とが共有していた時間や空間を知ることすらできない。しかし、「山路を行けば　生けりともなし」の痛切な感情の吐露はあまりにも辛い。人間には、相手を詳しくは知らずとも、相手の気持ちに共感できる能力が備わっている。歌は、時にその能力を最大限に引き出してしまう。今、こう書いていても、「生けりともなし」に心がざわめく。

山辺の道の中間点、長岳寺《ちょうがくじ》まではもうしばらくある。

❸ 伝崇《す》神《じん》陵《りょう》まで

長岳寺でにゅうめんの昼食を済ませ、天理市トレイルセンターを抜けると、ほぼ正面（真南）に伝崇神陵（行燈山《あんどんやま》古墳）が見える。山辺の道の一般ルートは伝崇神陵の後円部（山側）を南下するのだが、今回は宮内庁によって遙拝所が設けられている前方部に回ってみる。お堀沿いに西に向かうと、多少の歩きにくさはあるものの、前方部に出られる。

『古事記』も『日本書紀』も、初代・神武天皇の崩御後は八代にわたって、ほと

長岳寺付近の石仏。

長岳寺

山辺の道の中間点付近にある寺院。毎年秋には寺秘蔵の「極楽地獄図」が公開され、住職の見事な絵解きと紅葉に多くの人が訪れる。

所在地：天理市柳本町 508
拝観時間：9:00 ～ 17:00
拝観料：350 円

んど記事がない。欠史八代と呼ばれ、皇妃や皇子・皇女、宮や崩御の記述くらいしか残っていない。しかし、第十代・崇神天皇（御間城入彦《みまきいりびこ》五十《い》瓊殖《にえ》天皇《のすめらみこと》）の代から、記事は再び豊富になっていく。大物主の祟《たた》りのお話もこの天皇代の出来事である（126ページ参照）。また、全国各地に将軍（四道将軍《しどうしょうぐん》という）を派遣した記事も残る。以下、『日本書紀』に即してお話を追ってみよう。

四道将軍の一人、崇神の伯父にあたる大毘古命《おおびこのみこと》は、北陸に向かう途中、和珥坂《わにさか》（今の天理市）で少女に出会う。少女は歌う。

御間城入彦《みまきいりびこ》はや　己《おの》が命《を》を　弑《し》せむと　窃《ぬす》まく知らに　姫遊《ひめなそ》びすも（紀一八）

御間城入彦って、自分の命を奪われるって、盗まれちゃうって知らないでお姫様と戯れていらっしゃるよ。

「御間城入彦」は崇神天皇の名前。「命《を》」は分かりにくいが、当時は命《いのち》を「緒《を》」（紐）のように捉えており、「を」は「命」を意味していた。「姫遊《ひめなそ》び」は「ひめのあそび」の「のあ」が「な」になってしまった形。聞き慣れないことばだが意味は同じ。

崇神陵を巡る道。

崇神陵周濠。

強烈な歌である。怪しく思った大毘古命が「お前が口にした言葉の意味は何だ？」と尋ねると、「私は何も言っていません。ただ、歌っただけです」と答え、再び同じ歌を歌い、姿を消してしまう。大毘古命は馬をとって返し、天皇に奏上した。これを聞いた崇神の大叔母（大伯母かも知れない。祖父の姉か妹）にあたる倭迹《やまとと》迹《と》日《ひ》百襲《ももそ》姫命《ひめのみこと》は、天皇の異母兄・建波邇安王《たけはにやすのおおきみ》の謀反であると、歌の謎解きをする。図星であった。天皇はこれを討つ。この、とてつもなく長い名前のお姫様については、後に述べるとして、今は先に進む。

伝崇神陵のすぐ西には、伊射那岐《いざなき》神社がある。境内には大和天神山《やまとてんじんやま》古墳がある。というよりも、大和天神山古墳の一部が神社となっている。社殿が、北を向いた後円部の西に位置している。この古墳は国道を通すときに切断されてしまった。古墳を保存することも大切だが、人々の暮らしも大切である。時にこの二つは相容れない。

伝崇神陵の南側に沿って坂を登り、山辺の道の本来ルートに戻る。伝崇神陵の東南には、

崇神陵と龍王山をのぞむ。

伊射那岐神社は大和天神山古墳でもある。

玉かぎる　夕《ゆふ》さり来れば　猟人《さつひと》の　弓月《ゆつき》が岳《たけ》に　霞たなびく（10・一八一六）

（玉かぎる）夕方がやってくると（猟人の）弓月が岳に霞がたなびいている。

の歌碑がある。「弓月が岳」は巻向山の二つの峰のどちらかであろうが、なお不明。これからもわからないだろう。歌は初句と第三句に枕詞を含み、意味も取りやすい。ただ、だから何なの？　と言われてしまうと困る歌ではある。たとえば、

冬こもり　春さり来れば　あしひきの　山にも野にも　鶯《うぐひす》鳴くも

（10・一八二四）

（冬こもり）春がやってくると（あしひきの）山にも野にも鶯が鳴いている

という歌もある。この二首、構造は全く同じである。これなら作れそうだ。ちょっと作ってみよう。

しきしまの　やまとに来れば　大君の　三笠の山に　さを鹿鳴くも

露霜の　秋さり来れば　たまだすき　畝傍の山は　色づきにけり

「玉かぎる…」の歌碑。

どうですか。作ってみませんか。小さな川を渡って、階段を登る。もう少しで伝景行陵である。

④ 伝景《けい》行《こう》陵《りょう》

伝景行陵（渋《しぶ》谷《たに》向《むかい》山《やま》古墳）は大きい。山辺の道付近では最大である。景行天皇は崇神天皇のお孫さんにあたる。ヤマトタケルのお父さんといった方が通りがよいかも知れない。

『古事記』の景行天皇条は全三四九七文字から成るが、そのうち三〇一二文字がヤマトタケルのお話である。実に全体の八六％を占める。当の景行天皇については、妃、皇子、年齢、そして陵の記事があるに過ぎない。一方、『日本書紀』では、六六四三文字中、二四〇七文字（三六％）がヤマトタケル関係記事である。『古事記』と『日本書紀』とは時として全く違う相貌を見せるが、景行天皇条もその一つである。

たとえば、『日本書紀』では景行天皇は九州に熊襲《くまそ》征討に行き、

伝景行陵（渋谷向山古墳）。

やまとは　国のまほらま　畳《たた》なづく　青垣《あをかき》　山籠《やまこ》もれる　やまとしうるはし

（紀二二）

やまとは国の中でもっとも素晴らしいところだ。重なり合った緑の垣、山に籠もっているやまとは美しい。

と歌う。「まほらま」と「まほろば」が違う（意味は同じ）くらいで、ほとんど同じ歌を『古事記』ではヤマトタケルが、自らの死に臨んで歌う（108ページ参照）。一方、『日本書紀』では景行天皇による熊襲平定後の凱歌といってもよいほどである。どちらの所伝が正しいかを問うのは無意味だろう。どちらにもその文脈に即した意味があったはずである。愛し合う二人の人生は、それぞれ皆違うはずなのに、結婚式では「かんぱ〜い、いま、きみは〜」と歌う。歌とはそういうものである。とはいうものの、学生時代、景行天皇も「やまとしうるはし」と歌っていると知ったときの、あの衝撃は忘れられない。

伝景行陵を一回りして、本来ルートに戻るのも悪くないのだけれど、今はこのまま箸墓《はしはか》方面に向かう。箸墓は、卑弥呼《ひみこ》の墓とされたり、倭迹迹日百襲姫命《やまとととひももそひめのみこと》（そう、建波邇安王《たけはにやすのおおきみ》の謀反を言い当てた彼女である）の墓とされたり、ややこしい。卑弥呼の問題に足を踏み入れると、出て来られなくなりそうなので、今は倭迹迹日百襲姫命のお墓としておく。それにしても彼女の名前、長い。余りにも長すぎたのか、ご本家『日本書紀』でも「倭迹迹姫命《やまとととひめのみこと》」と短く記すことがある。

これだけ長いと、その意味が気になる。分解してみよう。「やまと」＋「ととひ」＋「ももそ」＋「ひめ」。「やまと」はよい。「ととひ」は「十《と》＋十《と》＋霊《ひ》」といわれ、多くの神霊を意味している。「ももそ」は「百《もも》＋襲《おそ》ふ」の意で、多くの神霊がたびたび彼女に憑依したことをあらわしているのだろう。すると「やまと／ととひ／ももそ／ひめ」は「大和の国にいて、何度も何度も神がかりしたお姫様」を示す。謀反の歌の謎解きなど朝飯前であったに違いない。

倭迹迹姫命は三輪山の神・大物主《おおものぬし》（114ページ、126ページ参照）の妻となる。やはり、ただものではない。大物主は昼はあらわれず、夜ごとに彼女のもとを訪れる。「夜しかお越しにならないので、お顔がわかりません。麗しいお顔を見たいので、朝までいて下さい。」と懇願すると、「わかった。明日の朝、化粧箱の中を見なさい。けれども驚いてはいけない。」と大物主。いよいよ翌朝。化粧箱を見ると（そもそ

箸墓古墳。何度も神がかりしたお姫様の墓。

も化粧箱を見なさいということ自体おかしいのだけれども）、中には小さな蛇。驚き叫ぶと、「驚くなと言ったのに、私に恥をかかせたな。今度はお前に恥をかかせてやる」と言い残して、大空を踏んで（どうやって？）三輪山に帰って行ってしまった。簡単にいえば離縁であるが、大物主さん、すこし子供じみていませんか。

倭迹迹姫命は山に帰って行った大物主を仰ぎ見たところ、すとんと尻餅をついてしまった。そこには偶然お箸があり、彼女は箸で「ほと」（陰部）を突いて死んでしまった。箸墓の由来である。お話、あまりに急展開である。

さて、この箸墓、昼は人が作り、夜は神が作ったといわれている。大物主のせめてもの償いなのだろうか。この時の石は二上山の麓の「大坂」（現在の香芝市穴虫付近）から手渡しで運んだと記され、

大坂《おほさか》に　継《つ》ぎ登《のぼ》れる　石群《いはむら》を　手遞伝《たごし》に越《こ》さば　越しかてむかも（紀19）

大坂山の麓から頂まで連なっている石の数々を手渡しで運んで来たら運ぶことが出来るのだろうか。

箸墓古墳と二上山。石を手渡しで運ぶには、一体何人必要だろう。

の歌も残る。二上山の麓から人々が延々と石を手渡して行く様は想像するだに面白いが、史実ではないだろう。ただし、この付近の竪穴式石室の材（巨大なので手渡しでは運べない）には大阪府方面の石が使われていることも事実である。現在、箸墓古墳は宮内庁の管轄下にあり、調査できる状況にはない。

さぁ、ここから井寺池《いでらいけ》まで一気の登りである。

❺ 檜原《ひばら》神社まで

檜原神社までの坂はきつい。山辺の道の一般ルートを外れたことを後悔もする。しかし、井寺池まで来ると、池のまわりにはいくつもの歌碑。

実際に歌われた場所、あるいは歌に詠まれている場所を考えると、打ち合わないものもあるが、次々に目の前にあらわれる歌を順に読むのは気持ちよい。井寺池は東西に分かれている。その間を入ってゆくと最初に登場するのが、

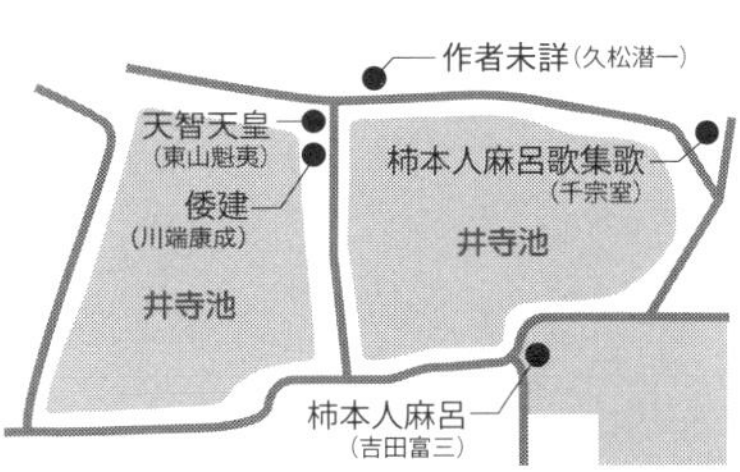

◀井寺池の歌碑案内図

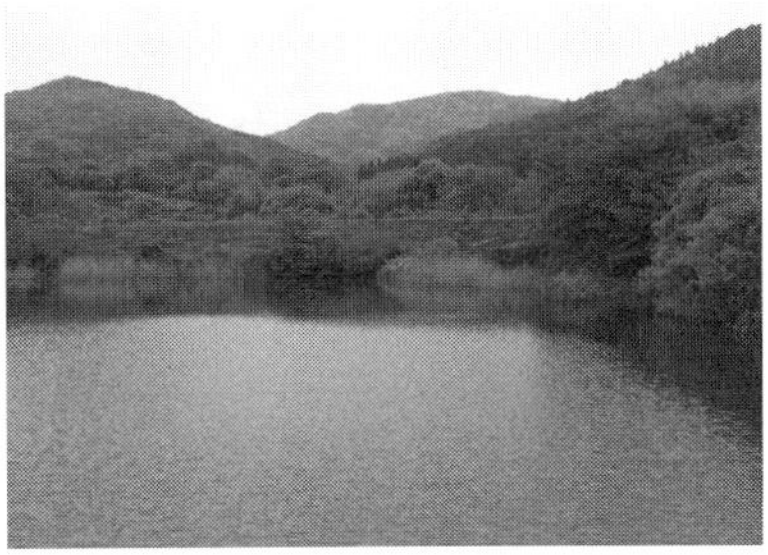
檜原神社の手前にある「井寺池」。

やまとは　国のまほろば　たたなづく　青垣《あをかき》　山籠《やまご》もれる　やまとしうるはし

（記三〇）

やまとは国の中でもっとも素晴らしいところだ。重なり合った緑の垣、山に籠もっているやまとは美しい。

の歌碑である。「まほろば」は「真《ま》＋秀《ほ》＋ろ（接尾語）＋ば（接尾語）」で、最も秀でた美しさを示す。語感の良さも手伝ってか、「万葉まほろば線」（JR桜井線）や「まほろば号」（太宰府市のコミュニティバス）など、いささか使用過多の嫌いもある。

「たたなづく」はちょっと厄介である。現代語の「畳む」は、万葉時代には「畳ぬ」の形もあり、これと関係するだろうといわれている。山々が幾重にも折り畳まれている状況を示し、次の「青垣」を修飾する。その「青垣」の「青」は緑のこと。「青葉」の青※である。「垣」は、いわゆる垣根のこと。「たたなづく青垣」は幾重にも折り重なる垣、そんな山々に囲まれている大和はうるわしい。本当にうるわしい。

この歌碑の文字は川端康成。揮毫するという生前の約束を果たせぬまま亡くなっ

「やまとは　国のまほろば…」の歌碑。

※古代の色名については119ページで解説。

た。そのため、この文字は彼の原稿からの採取である。そのすぐ奥、左手には、

香具山は　畝傍ををしと　耳梨と　相争ひき　神代《かむよ》より　かくにあるらし　古《いにし》へも　然《しか》にあれこそ　うつせみも　妻を　争ふらしき（1・一三）

香具山は畝傍を惜しいと耳成と争った。神代からこうであるらしい。古えもそうだから、この現世も妻を争うらしい。

の歌碑。中大兄皇子（後の天智天皇）が、百済救援のために九州に向かう途中、現在の明石市～加古川市付近で詠んだと考えられている。山同士がどのようにして妻争いをしたのか、そもそも山に性別があるのか、考え出すとキリがない。先日、スポーツニュースで「広島が名古屋に乗り込んだ一戦は～」と言っていた。そんな隠れた文脈があるのかも知れない。

しかも第二句は、「畝傍雄々しと」と「畝傍を（失うのは）惜しいと」と二つの解釈が、現在でも割れている。厄介なのは、この解釈によって山の性別が変わってしまうことである。さらに、この歌を現実の妻争いに重ねようとする説までか

「香具山は…」の歌碑。

つては見られた。さすがにこの解釈は顧みられなくなったが、山の性別くらいは何とかして確定させたい。これまで何度も考えてみたが、結局藪の中である。あらためて三山を遠くに見ながら考えてみたいけれど、多分結論は出せないだろう。読むたびに研究者としての敗北感を味わう。

池を右に曲がると、また歌碑。

三諸《みもろ》は　人の守《も》る山　本辺《もとへ》には　馬酔木花咲き　末辺《すゑへ》には　椿《つばき》花咲く　うらぐはし　山そ　泣《な》く子守《こも》る山（13・三二二二）

三諸は人が守っている山。麓のあたりには馬酔木が咲いて、頂上には椿が咲く。本当に素晴らしい山だ。泣く子を守るように大切にする山よ。

山は人が守り育てないと荒れてしまう。正確にいえば自然に戻ってしまう。エントロピーの増大というやつである。それは今も昔も変わらないのだが、現在、そうした意識をどれだけ共有できているかは疑問である。三諸（ここでは三輪山か）は大事にされている。麓には馬酔木が咲き、頂きには椿が咲き誇る。「うらぐはし」

「三諸は　人の守る山…」の歌碑。

の「うら」は「心」の意。「くはし」は隅々まで美しい様。そんな山は泣く子をあやすように大事に育てる。

ここにあるのは、人と自然による価値観の共有である。もちろん、人間から見た一方的な価値観の共有である。しかし、すくなくとも自然と対立し、自然を凌駕しようという思想はない。なにより人間も自然なのだから。

そのまま直進してゆくと、池を少し離れたところにも歌碑が建つ。

鳴《な》る神《かみ》の　音《おと》のみ聞きし　巻向《まきむく》の　檜原《ひばら》の山を　今日《けふ》見つるかも（7・一〇九二）

（鳴る神の）噂だけ聞いていた巻向の檜原の山をようやく今日見たことだ。

これは『柿本人麻呂歌集』から採録された歌。「音」は噂の意味。飛鳥に住まう人々にとって、このあたりは滅多に来ることのない空間だった。ただ、大物主の領知する三輪山を中心とした荘厳な景色は都人の間では有名だったのだろう。この歌もいくらでも作りかえられそうである。試してみて欲しい。初句と三句に枕詞を置き、第四句に地名を入れると出来上がりである。

ステレオの　音のみ聞きし　ちはやぶる　神戸の街を　今日見つるかも

の要領である。

池をぐるりと回って少し坂を下ったところに最後の歌碑。

古《いにし》へに　ありけむ人も　我がごとか　三輪の檜原に　かざし折りけむ

（7・一一一八）

古えに生きた人も私のように三輪の檜原にかざしを折ったのだろうか。

こちらも『柿本人麻呂歌集』から採録された歌。木の枝などを折り取って頭に挿すことは、当時、男女を問わずに行われていた。素晴らしい枝振りだったのだろう。過去の人に想いをいたし感動を共有しようとする。過去の人との共感関係、それは、自然に対するそれと同様、我々が一方的に共感だと思っているに過ぎない。しかし、山辺の道を歩く時の爽やかさ、心の安寧はそうした一方的な共感に支えられていると思う。

檜原神社に到着する。この付近は天照大神が伊勢に移る前に鎮座したところと

「古へに…」の歌碑。

いわれ、「元伊勢」とも呼ばれる。参拝を済ませて振り返ると、標柱《しめばしら》を額縁に二上山が見える。一年に二度だけ、雄岳と雌岳の間に陽が落ちる。

今日の行程も残りわずかになってきた。

⑥ 大神《おおみわ》神社へ

檜原神社から大神神社までの道が、最も山辺の道らしいかもしれない。「昼なお暗き羊腸の小径」は箱根に限らない。ここから大神神社までの道沿いには、いくつかの歌碑がある。

檜原神社のすぐ南には、『柿本人麻呂歌集』からの歌の碑が残る。

古《いにし》への　人の植ゑけむ　杉が枝《え》に　霞たなびく　春は来《き》ぬらし（10・一八一四）

古えの人が植えたという杉の枝に霞がたなびいている。春が来たのだろう

杉の枝にまとわりつく霞に春を見出す。ここでも古代の人との交感を歌っている。

「古への 人の…」の歌碑。

檜原神社

大和国中を一望するのに絶好の地。春分、秋分前後に、夕陽が二上山の間に沈む。

所在地：桜井市三輪

しばらくすると、次に目に入ってくるのは、玄賓庵《げんぴあん》そばの歌碑。

山吹《やまぶき》の　立ちよそひたる　山清水《やましみづ》　汲《く》みに行《ゆ》かめど　道の知らなく

（2・一五八）

こちらは124ページを参照して欲しい。

やがて狭井川《さいがわ》。この付近は、神武天皇の皇后・ホトタタライススキヒメノミコト、又の名をヒメタタライスケヨリヒメのお里である。彼女の名前もまた長い。覚えることすら難しい。以下、イスケヨリヒメと記し、名前の由来を簡単に書いておこう。

イスケヨリヒメのお母さんはとても美しく、三輪山の神・大物主に見初められた。ある時、お母さんが大便をしようとしていたところ、大物主が矢に変身して彼女の「ほと」（陰部）を衝いた。驚いた彼女（そりゃ、驚く）はイススク（慌てふためく）。そして、その矢を自分の床のそばに置くと、矢は忽ち麗しい男性に変身する。この二人の間に生まれたのが「ホト（陰部）タタ（矢が立つ）ラ（接尾語）イス

これぞ、山辺の道。木や土の香りを感じ、鳥の声を聞きながら行く道は楽しい。

スキ（慌てる）ヒメノミコト」である。でも、名前が「ホト」というのもよろしくないので、名前を変えた。すなわち「ヒメ（姫）タタ（矢が立つ）ラ（接尾語）イ（接頭語）スケ（助ける）ヨリ（憑依する）ヒメ」である。なので、簡単に言えば「矢が立つことで生まれた美しいお姫様で、神様が助けてくれて寄りつくお姫様」ということになる。名前の由来、全然簡単ではなかった。

神武天皇は狭井川にあった、このイスケヨリヒメの家を訪れ、結ばれる。入内《じゅだい》した後、神武はその時のことを詠う。歌碑が残る。

葦原《あしはら》の　穢《しけ》しき小屋《をや》に　菅畳《すがたたみ》　弥清敷《いやさやし》きて　我《わ》が二人寝《ふたりね》し（記19）

葦原にあるきたない小屋に菅の筵《むしろ》をいよいよすがすがしく敷いて共寝をしたことよ。

この歌、褒めているのか、けなしているのかよくわからない。かえって奥さんに気を悪くされそうな気もする。ただ、この後の記事は三人の男の子が生まれたとあるので、イヤではなかったのだろう。

「葦原の…」の歌碑。

やがて神武崩御。皇后・イスケヨリヒメは、神武の異母兄・タギシミミに召される。ところが、このタギシミミ、竊《ひそ》かに皇位を狙っていた。察知したイスケヨリヒメは、二首の歌を詠じて、謀反を子どもたちに知らせる。一首めの歌碑が、すぐそばに残る。

狭井河《さゐがは》よ　雲立ち渡り　畝傍山　木の葉《こは》さやぎぬ　風吹かむとす（記二〇）

狭井河から雲が立ち渡り、畝傍山の木の葉がざわざわと音を立てている。風が吹こうとしている。

畝傍山　昼《ひる》は雲揺《くもと》ゐ　夕されば　風吹かむとぞ　木の葉さやげる（記二一）

畝傍山は昼は雲が揺れ動き、夕方になると風が吹こうとしている。木の葉がさやいでいる。

雲が湧き、木の葉のさやぎから風が吹くことを想像する二首は、不吉な景として理解される。この歌に正しく対応できるかどうかが王者としての資質だといってもよい。三人の息子のうち、長男は特に何もしない。次男坊は末っ子から「お兄ちゃんがタギシミミを殺せ」と言われるが、敵を目の前にして手がわなないて殺せない。ついに末っ子がタギシミミを誅して、第二代・綏靖《すいぜい》天皇として即位する。

狭井川付近には、額田王の歌碑もある。

三輪山を　然も隠すか　雲だにも　心あらなも　隠さふべしや（1・一八）

三輪山をそうやって隠すのか。雲だけでも心があってほしいものだ。隠してしまってよいものか。

天智六年（六六七）、天智天皇は飛鳥を捨て、近江大津宮への遷都を敢行する。この歌はその遷都時に詠まれたらしい。大和の守護神といってもよい三輪山が見えなくなってしまう。少しでも長く見ていたい。なのに三輪山を雲が隠してしまう。そんなことは許されるのか。

倭迹迹姫命を娶り（105ページ参照）、イスケヨリヒメの母を娶り、疫病を流行らせた（126ページ参照）大物主を祀る三輪山への惜別歌である。この付近は三輪山

狭井神社の北側を流れる狭井川。

の麓なので、その姿を仰ぎ見ることはできない。けれども、それは三輪山に包摂されていることに他ならない。大和の守護神の抱擁は濃い緑色である。

狭井神社まで来ると参拝客も増えて来る。大美和《おおみわ》の杜《もり》から大和国中《くんなか》を見渡す。最後の力を振り絞って展望台まで登っても後悔しない。夕陽が二上山の向こうに沈む頃、大神神社に到着する。井寺池までの坂道を思い出して今日の行程は終わりである。

そうそう、大神神社の宝物館のそばには、

うまさけ　三輪の祝《はふり》が　山照らす　秋の黄葉の　散らまく惜しも

（8・一五一七）

（うまさけ）三輪の神官が守る山を照らし出す秋の紅葉が散ってしまうのは惜しいことだ。

の万葉歌碑がある。お見逃しなく。

「大美和の杜」の展望台からの景色。

「うまさけ…」の歌碑。

ちょっと豆知識

古代の色名

古くからある日本語の中で、色をあらわす言葉（色名）は「白」、「黒」、「赤」、「青」の四つだったといわれる。この四色は現代語で形容詞（「白い」など「い」で終わる）になる。

「黄色い」も形容詞だが、途中の「色」が入っているため、純粋な形容詞とはいえない。イエローをあらわす「き」の単独例は奈良時代の文献に見当たらない。『万葉集』では「もみじ」をあらわすのに、「黄葉」が七十例。「紅葉」は一例のみ。黄色と赤色の境目があやふやだったようである。また、「むらさき」は植物名であり、この植物の根を使ってパープルに染めることから付けられた。「みどり」は新芽や若枝のことと考えられている。生まれたばかりの瑞々しさをあらわす。「みどりご」がグリーンだったらちょっと恐いし、グリーンでも青信号である。そして、お茶がまだなかった奈良時代に「茶色」という言葉は存在しようもなかった。

Route. 5

泊瀬《はつせ》

積み重なる時間を歩き、「泊瀬の檜原」を思う

十二柱神社にて

Route. 5

泊瀬

コースのポイント

危険箇所はないけれど、階段は修業のごとし

Start 三輪駅
…徒歩10分…
❶ 大《おお》神《みわ》神社
…徒歩15分…
❷ 海《つ》柘《ば》榴《い》市《ち》観《かん》音《のん》
…徒歩40分…
❸ 朝倉《あさくらの》宮《みや》跡《あと》（朝倉小学校）
…徒歩50分…
❹ 長《は》谷《せ》寺《でら》
…徒歩30分…
Goal 近鉄長谷寺駅

距離 約6.6km

このコースの楽しみ

夕方の長谷寺に行ったことがある。日の短い時期だったので、そろそろ日暮れだった。山門を入ると、あの長い階段には誰もいない。ひとり占めである。そして階段には二本の線が上まで続く。昇る人と降りる人が歩いた跡である。ここにも時間は堆積している。

今日は、その長谷寺までの道程である。大神神社から長谷寺までは約6・6キロメートル。長谷寺と與喜天満神社の階段を除けば、本書の中では一番楽なルートだろう。

近鉄電車に乗って大阪から名古屋に行く時、ここを通る。奈良盆地の穏やかな景色は泊瀬渓谷に迫る緑の山々へと急変する。歩いていても、その景色の変化に気付く。この地が大和の東の入り口であることを再確認する。それは伊勢へと向かう出口でもある。ここに宮を構えた雄略のことを思いながら、歩いて行こう。

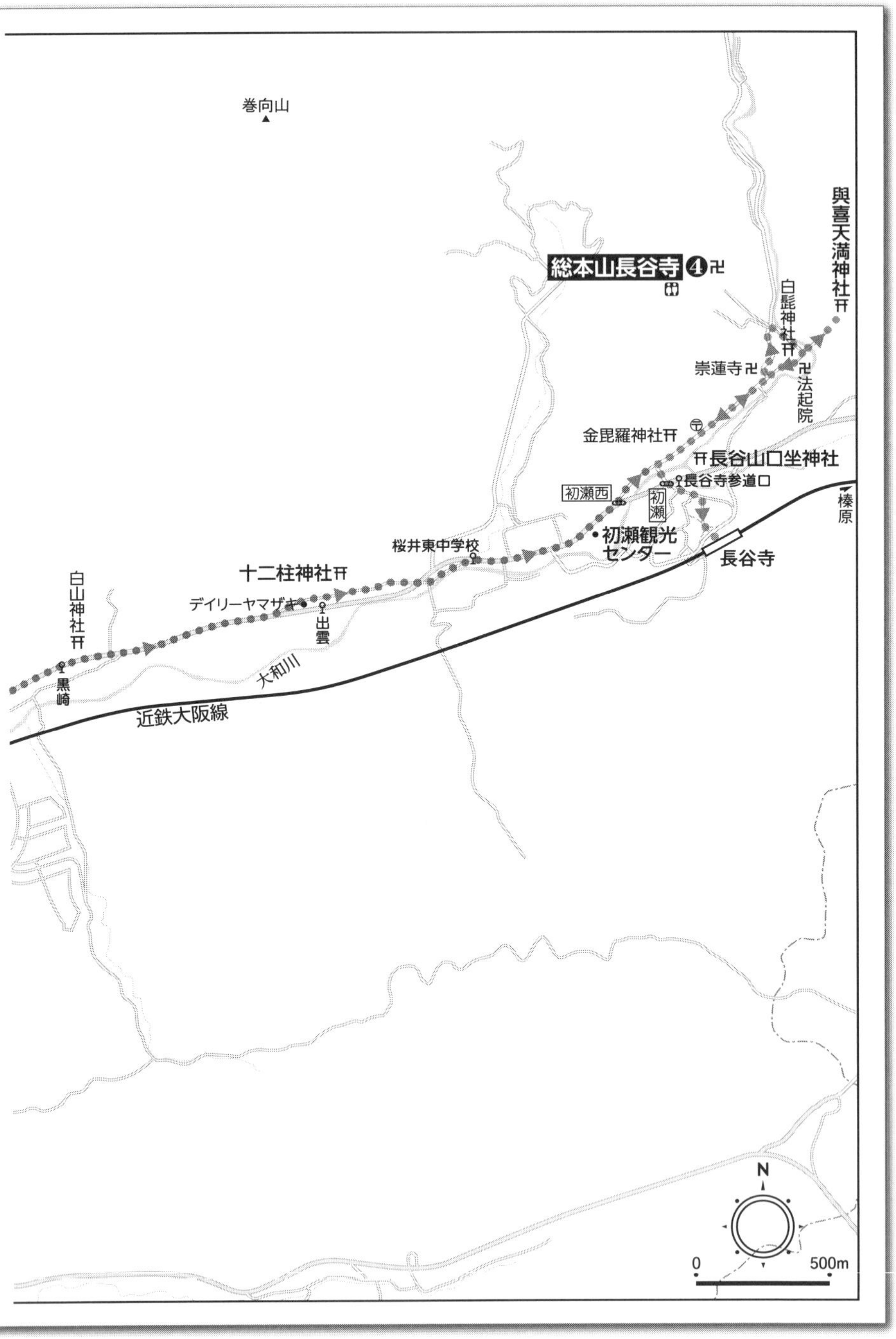
巻向山
総本山長谷寺 ❹
與喜天満神社
白髭神社
崇蓮寺
法起院
金毘羅神社
長谷山口坐神社
長谷寺参道口
初瀬西
初瀬
榛原
初瀬観光センター
長谷寺
桜井東中学校
十二柱神社
デイリーヤマザキ
出雲
白山神社
黒崎
大和川
近鉄大阪線
N
0
500m

泊瀬ルートMAP

天理
国津神社
檜原神社
玄賓庵
茅原大墓古墳
三輪山
貴船神社
狭井神社
若宮社
❶大神神社
大神神社二の鳥居前
三輪
桜井市
平等寺
金屋石仏
喜多美術館
八阪神社
朝倉宮跡(桜井市立朝倉小学校)❸
朝倉小学校
❷海石榴市観音堂
春日神社
玉列神社
脇本
JR桜井線
169
165
慈恩寺
素盞嗚神社
大和朝倉
桜井高
宇陀が辻東口
大和八木
外山
宇陀ヶ辻
桜井
高田
不動院
薬師町
桜井茶臼山古墳
外鎌山
磐余橋北詰
宗像神社
忍阪
谷東
関西中央高
166
市立図書館
等彌神社
徒歩ルート

❶ 大神《おおみわ》神社まで

JR三輪駅から大神神社までは、少し遠回りの道になるが、歩いて十分ほど。杉木立を抜けると拝殿が見えて来る。階段をのぼると右側に神杉が高くそびえる。天武《てんむ》天皇と額田王《ぬかたのおおきみ》との娘・十市皇女《とおちのひめみこ》（41ページ参照）が亡くなったとき、天武の長子・高市皇子《たけちのみこ》は挽歌を詠んだ。

十市皇女の薨ぜし時に、高市皇子尊の作らす歌三首

三諸《みもろ》の　三輪の神杉　已具耳矣自得見監乍共　寝《い》ねぬ夜ぞ多き（2・一五六）

三輪山の　山辺真麻木綿《やまへまそゆふ》　短木綿《みじかゆふ》　かくのみ故《ゆゑ》に　長くと思ひき（2・一五七）

山吹の　立ちよそひたる　山清水　汲みに行かめど　道の知らなく

（2・一五八）

（三諸の）三輪の神杉　已具耳矣自得見監乍共　眠れない夜が多い

三輪山の山の辺の真麻木綿は短い木綿、なのに長いとばかり思っていた。

山吹の立ち並ぶ山奥の清水を汲みに行きたいけれど、そこへの道が分からない。

第一首の三～四句は難訓で知られる。今も定訓はない。しかし、三輪山の神杉が歌われていることは間違いなく、亡き十市皇女を思って眠れないことも間違いないだろう。第二首。「真麻木綿《まそゆふ》」は、「真麻」が立派な麻を意味し、「木綿」は麻などの繊維を晒《さら》して細く裂いた白い幣帛《へいはく》のこと。現在では神主さんが祝詞《のりと》を読み上げながら振る祭具に見ることができる。「真麻木綿」は短いのに長いと思っていたと、歌全体が十市の早逝を暗喩している。そして、第三首。山吹《やまぶき》の黄色と山奥の泉が黄泉を連想させる。死者の国に行こうとしてもままならない。イザナキがイザナミの許《もと》に行けたのは、神の世界のお話だからである。

当時、山の向こうに死者が生活している異界があるという観念があった。死者の国はそこにたどり着けないことによって観念のまま保存される。いや、最初からそんな道は分かるわけもない。そもそも他界観は断絶を前提としている。山のあなたの空遠く幸いは住んでいなくても、愛しい人の暮らす他界が存在していた。だからこそ悲しい。

目の前にそびえる三輪の神杉には、よく卵が供えられている。三輪山の神・大物主は蛇体であり、卵が好物だからである。毎月一日の月次祭《つきなみのまつり》には境内のあちらこちらに卵が供えられる。そして、今も「みぃさん」（蛇）はよく卵を食されるそうだ。

その大物主は名前からして恐そうである。いや、実際恐ろしい。もっとも有名なのは、第十代・崇神天皇の時代の疫病だろう。崇神天皇があまりの疫病のひどさを憂いていたとき、夢枕に立った大物主は、「疫病は自分が起こしている、意富《おほ》多々泥古《たたねこ》をして自分を祀らせよ」と告げる。崇神は意富多々泥古を探し出す。彼は意外にも、お隣の大阪府八尾市の住民であった。さっそく呼びつけて大物主を祀らせる。さらに大和の東西※（東は榛原、西は二上山の麓）の神も祀り、疫病は無事に収まる。これにて一件落着。

この太田種子さんのように聞こえる意富多々泥古は大物主の五世の子孫であった。だいたい五世の子孫というのは怪しい場合が多いが、疑ってはいけない。また疫病が流行《はや》る。話はこうだ。

ある晩、美しい活玉依毘売《いくたまよりびめ》の許に、見目麗しい男が訪ねて来る。美男美女は結ばれ、間もなく赤ちゃんを授かる。娘の両親は男の訪問にも気づいておらず、不

大神神社

三輪山をご神体とする古社。大物主神にまつわる伝説は多いが、箸墓古墳に眠る倭迹迹日百襲姫（やまとととひももそひめ）との結婚譚がよく知られる。

所在地：桜井市三輪 1422

大神神社の祭神・大物主神は「巳（み）さん（蛇体）」だと伝えられ、神杉の前には卵も見える。

審に思い、その理由を聞く。娘は「美しい男が毎夜訪ねてくる内に身籠もりました、名前は分かりません」と答える。男の素性を知ろうとした両親は、「赤土を床にまき散らし、麻糸を男の着物の裾に縫い付けなさい」と娘に命じる。お父さん、お母さん、冷静である。

やがて朝。その麻糸は鈎穴《かぎあな》から外に出て行っており、糸巻きの糸は残り三輪だけだった。糸をたどって行くと三輪山の社で終わっていた。両親は男が神であったことを悟る。そこでこの地を三輪という。糸がもう少し長かったら、この地は五輪になっていかもしれない。意富多々泥古はこの活玉依毘売の子供の子供の子供の子供である。

このお話、鈎穴を現在の形を想像すると辻褄が合わない。小さすぎて蛇も通れない。でもご安心、当時の鈎穴はドアの最下部にあり、十分に蛇が通れるだけの大きさがあった。いつか大神神社で「みぃさん」と会ってみたい。でも、少し恐い気もする。

よく知られているように、三輪山そのものをご神体とする大神神社に本殿はない。拝殿があるのみである。そのご神体の山を見上げる歌がある。

※東西の神
サカということばは、境界の意を持つ。イザナキとイザナミとが別れを告げる場所は「ヨモツヒラサカ」である。大和の東西の隅っこは西が「大坂」、東が「墨坂」。やはりサカである。となると「大坂」の「大」は難波との大きなサカの意であり、「墨坂」は大和の隅っこのサカである。鹿児島県東部は、以前「大隅国」だった。日本国の大隅である。
大和の東西の神への奉幣は大和の出入り口をしっかりと固めることであった。

三諸《みもろ》つく　三輪山見れば　こもりくの　泊瀬の檜原《ひばら》　思ほゆるかも

（7・一〇九五）

（三諸つく）三輪山を見ると、（こもりくの）泊瀬の檜原が思われる。

「檜原」の「檜」は、ヒノキのことであるが、ヒノキは、「日の木」といわれる。聖なる樹木である。今日は、その「泊瀬の檜原」へのお散歩。あなたの「泊瀬の檜原」を思い、あなたの「泊瀬の檜原」を探して欲しい。

ご神体の三輪山の威圧感の中、大和川※（現在は大和川だが、万葉の当時は泊瀬川、三輪川と呼ばれていた）へと向かう。

❷ 海石榴市《つばいち》まで

山中とも思える細い道を歩いて行く。石棺の蓋を利用したと思《おぼ》しい金屋の石仏を見た後、少し行くと海石榴市《つばいち》観音堂。曲がり角に歌碑がある。

※三輪川と泊瀬川
現在、河川法に吉野川はない。吉野町を流れていても、五條市を流れていても、紀の川である。別称として吉野川が認められているものの、奈良県の人が聞いたら怒りそうである。また、奈良県の人々は吉野川と呼んでいるだろう。川はその川が流れるところで名称が変わる。泊瀬（はつせ）川もまた然り。河川法上は大和川だが、佐保川の合流点までは「初瀬（はせ）川」である。現在でもこれほどややこしいのだから、法律のない奈良時代のこと、泊瀬川が三輪山付近を流れると「三輪川」にもなった。

紫は　灰さすものそ　椿市《つばきち》の　八十《やそ》の衢《ちまた》に　逢へる児や誰《たれ》（12・三一〇一）

たらちねの　母が呼ぶ名を　申さめど　道行き人を　誰と知りてか

（12・三一〇二）

紫色を煮出すには灰をさすのが一番、しかも椿の灰、その椿市の沢山ある衢であった可愛いあなたは誰。

（たらちねの）お母さんが私を呼ぶ秘密の名前を打ち明けようと思いますが、道で出逢ったあなたを誰とも知らずには……。

一般的な理解を示せば、紫色を取るためには紫の花（白い小さな花）の根を煮る。その際に触媒として灰を加える。その灰も椿が一番。なので、上二句は「椿市」を起こす序詞となる。また、この地は東西に走る伊勢街道と南北に連なる山辺の道との交差点（衢《ちまた》＝道股《ちまた》）にあたり、古くから市《いち》が立っていた。多くの人々が集まることは、様々な恋も生まれたことを意味する。歌垣《うたがき》（男女が歌を歌い合う場）の記録も『日本書紀』に残る。このやり取り、歌垣での一場面を彷彿とさせる。

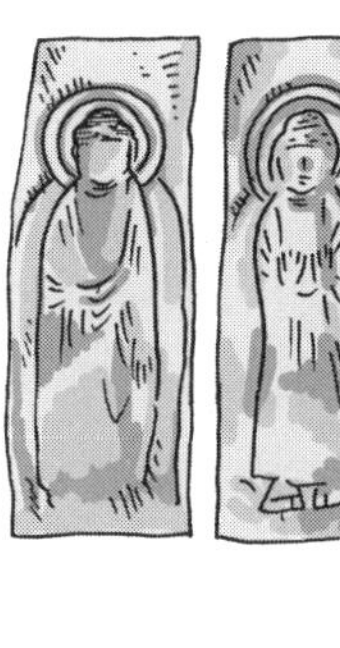

美術館の近く、小堂に安置された「金屋の石仏」。向かって右が釈迦如来像、左が弥勒菩薩像といわれている。

海柘榴市観音のすぐ近くに建つ「紫は…」の歌碑。

しかし、何度読み直しても、この女性の心に理解が届かない。「紫には灰が必要だ、君は紫、僕は灰。」ふざけるなよといいたくなるほどチャラい灰男である。ところが女性は「お母さんだけが呼ぶ私の名前をお教えしましょう、でも、その前にあなたはどなた？」と陥落寸前である。

男たちは「あいつは女たらしだ。他にも何人もいるんだから」と言い、女たちは「あんな女のどこがいいの。いい子ぶっているだけなのに。」と言う。我々の祖先が言葉を覚えてから繰り返され、これから先も繰り返される発言。でもね、娘さん、悪いことはいわない。灰男だけはやめておきなさい。

娘さんの行く末を案じながら、家並みを抜けると泊瀬川に出る。橋の上から川下を眺めると正面に二上山が見える。たしかに見える。ただ、高架とビルの向こうに見える。自然を壊すなというのは簡単だが、完膚なきまでに破壊された自然の上に日常の便利な生活が成り立っていることも事実である。

気を取り直して、あたりを見回すと飾馬《かざりうま》がいる、いや、ある。ここは遣隋使《けんずいし》・小野妹子《おののいもこ》が、隋の煬帝《ようだい》の使者・裴世清《はいせいせい》とともに上陸した場所。難波から大和川を遡行し、ここまで船で来たと考えられている。『日本書紀』の推古十六年（六〇八）

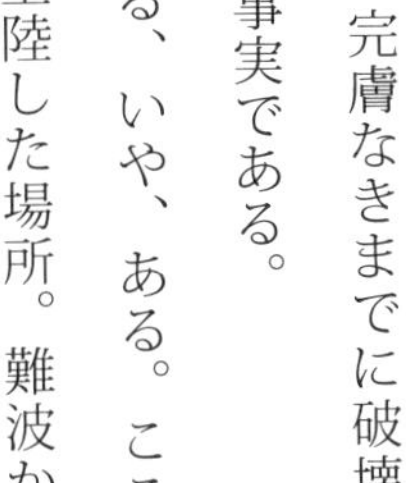

「飾馬（かざりうま）」の像。

条には、裴世清の上陸を、

飾騎《かざりうま》七十五匹を遣《つかは》して、唐 客《もろこしのまらひと》を海石榴市《つばきち》の衢《ちまた》に迎《むか》ふ。

（推古紀十六年八月三日）

飾り馬七十五頭を派遣して、隋の遣使を海石榴市の巷に出迎えた。

と記す。「飾騎七十五匹」は文明国家・ヤマトを知らしめる目的だったのだろう。飾馬が、最先進国・隋の使者たちにどのような印象を与えたか。文明国家に恥じないものであったと信じたい。

ところで、下船場であったということは乗船場でもあったことを示す。ここ三輪川付近は別れの場でもあった。

大神大夫、長門守に任ぜらるる時に、三輪川の辺に集ひて宴する歌二首

三諸の　神の帯《お》ばせる　泊瀬川　水脈《みを》し絶えずは　我忘れめや（9・一七七〇）

後《おく》れ居《ゐ》て　我はや恋ひむ　春霞　たなびく山を　君が越え去《い》なば（9・一七七一）

三輪高市麻呂が長門国守に任じられた時に、三輪川の川辺に集まって宴をする歌二首

三諸の神（三輪山）が帯にしている泊瀬川の流れが絶えない限り、私は忘れることなどありません。

後に残って私はあなたを恋い続けます。春霞のたなびく山をあなたが越えて行ってしまったら。

大神大夫は三輪高市麻呂《みわのたけちまろ》。大宝二年（七〇二）一月十七日、長門国（山口県西部）の国守に任ぜられ下向した。彼は、農繁期の伊勢行幸計画に対して、二度にわたって「それは農民のためになりません」と持統天皇を諫めたことで知られる。そのこととの関係は不明だが、今回の任命は左遷ともいわれる。船で三輪川を下っていったのだろうか。今の出張と違い、畿外への旅は、常に危険と背中合わせである。影が見えなくなるまで見送ったことだろう。我々は三輪川を遡《さかのぼ》る。

泊瀬《はつせ》

泊瀬川沿いの道ならぬ道を歩いて行く。泊瀬は『万葉集』に三三例、『古事記』に六例、『日本書紀』に十二例登場する。大和盆地の東南部から伊勢に抜けるほぼ唯一の通路である。

巻七の挽歌部には、誰が誰を悼んだかすら分からない悲しみの歌が並ぶ。

こもりくの　泊瀬の山に　霞立ち　たなびく雲は　妹にかもあらむ
（7・一四〇七）

狂言《たはこと》か　およづれ言《こと》か　こもりくの　泊瀬の山に　廬《いほ》りせりといふ
（7・一四〇八）

（こもりくの）泊瀬の山に霞が立ちたなびく雲は妹なのだろうか。

戯言なのか狂人の発することばなのか、（こもりくの）泊瀬の山に葬られているという。

泊瀬川に沿って歩く。往時を思い起こす風景は…。

この二首、同じ人への挽歌かどうかも不明である。ただ、一首目では泊瀬山の雲や霞に妹を見出し、二首目では泊瀬山が葬地として歌われている。泊瀬は墓所であり死後の異界として想念されていた。東へ向かう我々の前方には泊瀬の山々が立ちはだかる。泊瀬渓谷に足を踏み入れる。といっても、往時を思わせるものはないし、行き交う車も多く、歩きやすい道とはいえない。大神神社の摂社の中で最も南に位置する玉列《たまつら》神社に到着する頃には歩きやすくなるので、ここはしばらくの辛抱。

ハツセは「泊つ瀬」といわれる。ここから先は船では行けない。長谷と書いて「はつせ」と読むのは、「ハルヒノ春日《かすが》」、「トブトリノ飛鳥《あすか》」などのように「ナガタニノ長谷《はつせ》」という枕詞があったからだろう。ただし、「ながたにの」という枕詞は現存する奈良時代の文献には見当たらない。あくまでも仮説である。ただ、近鉄電車に乗って名古屋方面に向かうとよく分かるが、この付近から延々と渓谷が続く。「奈我多尓乃波都世《ながたにのはつせ》」とでも記された木簡が見つかると話は早いのだが。やがて「ハツセ」は、真ん中の「ツ」が発音されなくなり、長谷寺《はせでら》へと変わって行く。

暗い渓谷への入口に当たる泊瀬は、やまとびとにとって異界への入口としても

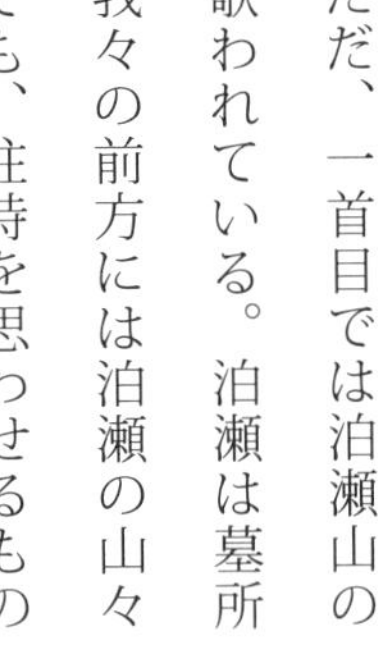

大神神社の摂社、玉列神社。椿の木が多く、毎年3月に椿まつりが開催される。

存在していた。
その一方、

泊瀬川　白木綿花《しらゆふばな》に　落ち激《たぎ》つ　瀬をさやけみと　見に来《こ》し我を

（7・一一〇七）

泊瀬川　流るる水脈《みを》の　瀬を早み　ゐで越す波の　音のさやけく

（7・一一〇八）

泊瀬川の流れ真っ白い木綿《ゆふ》の花のようにたぎり落ちる瀬がさやけきと聞いて、見にやって来たのは私だ。
泊瀬川の流路の流れが早いので、堤を越える波の音もさやけく聞こえる。

といった、泊瀬讃美の歌も残る。「木綿」は125ページ参照。両首に登場する「さやけし」は「さやか」から派生した語といわれ、明るくさわやかな様子を示す。現代語だと「すがすがしい」が一番近いだろうか。マイナスイオンをたっぷり浴びられるような場所を想定するとよいと思う。「水脈」は「水の尾」で川の中でも特に深くなっている流れの部分であり、ここは船の通路になる。「みをつくし」は「水脈《みを》つ串《くし》」であり、その標識の意である。ことばの説明ばかりしていると飽きてくるが、もう一つだけ。「ゐで」は川の水を堰き止めた場所をいう。ここから田に水を引く。水脈の流れが早いので堰堤を越えてしまっているのである。

普段慣れ親しんでいる飛鳥川とは違う泊瀬川は新鮮だったに違いない。ただ、泊瀬が多く詠われるのはこうした地理的な関係ばかりではあるまい。もう少し歩いてから、その話をしよう。

❸ 朝倉宮跡《あさくらのみやあと》まで

左手前方に朝倉小学校が見えてくる。この付近は雄略天皇（74ページ参照）の泊瀬朝倉宮跡と考えられている。脇本《わきもと》遺跡と呼ばれ、現在も発掘が続く。伊勢斎宮に任じられた大伯皇女《おおくのひめみこ》の潔《みそ》ぎの場もこのあたりの可能性がある。

『万葉集』は雄略天皇御製から始まる。『万葉集』に泊瀬が多く詠まれる理由の一つはここにあるのではないか。この国の歴史が同時代性を保ったまま残り始めるのは七〜八世紀。それ以前の歴史は記憶再生産や記憶創造の域を出ない。そうした中にあって、雄略天皇は実在を疑われない五世紀の大王である。五世紀は漢字を用いて、中国語文（漢文）は書けたかもしれないけれど、日本語を書ける状況にはなかった。次に記す雄略の歌も書かれたのは七〜八世紀を遡らない。歴史的事実として雄略を作者とすることは不可能な、いわゆる伝承歌である。

籠《こ》もよ　み籠持ち　ふくしもよ　みぶくし持ち　この岡に　菜摘ます児　家告《いへの》らせ　名告らさね　そらみつ　大和の国は　押しなべて　我こそ居れ　しきなべて　我こそいませ　我こそば　告らめ　家をも名をも（1・一）

籠《かご》よ、立派な籠を、篦《へら》よ、立派な篦を持ってこの岡で若菜を摘むお前よ、家を教えなさい、名前を教えなさい。（そらみつ）大和の国はどこからどこまでも私が支配しているのだよ、全部私のものなのだよ、それとも私から先に言おうか、家も名前も。

「か、籠《かご》と篦《へら》ですか。」初めてこの歌を読んだ学生時代の正直な感想である。お

雄略天皇の万葉歌碑。朝倉小学校を過ぎた、白山神社に建つ。

そらく春菜摘みの娘子《おとめ》たちの典型的な道具仕立てなのだろう。「かわいらしいバッグを持ったお嬢さん」といったところか。柔らかに、時には威圧的に、春菜を摘む娘子の名前を聞き出そうとする。ただ「私は王だ」といわれたら娘子はかえって黙りこくってしまいそうな気がする。他の万葉歌の多くもそうだが、この二人がその後どうなったかは伝わらない。もっとも、王の誘いを断われる娘子はそう多くないだろう。

雄略天皇の御製はもう一首残る。

夕されば　小倉の山に　伏す鹿し　今夜は鳴かず　寝《い》ねにけらしも

（9・一六六四）

夕方になると小倉の山に伏せる鹿、今夜はちっとも鳴かない。寝てしまったのだろう。

ただし、微妙に違う歌が、

夕されば　小倉の山に　鳴く鹿は　今夜は鳴かず　寝ねにけらしも

（8・一五一一）

夕方になると小倉の山にいつも鳴く鹿は、今夜は鳴かない。寝てしまったのだろう。

とも残る。こちらの巻八の歌は第三十四代・舒明《じょめい》天皇の歌ということになっている。どちらが正しいのか、どちらも正しくないのか、はたまたどちらとも正しいのか。「小倉の山」がどこかもわからない。そもそも、『万葉集』の編纂者が「右、或本に云はく、岡本天皇の御製なりといふ。正指《せいし》を審《つばひ》らかにせず。因《よ》りて累《か》ね載《の》す。」（右の歌は別の本には舒明天皇の御製と記してある。どちらが正しいかわからない。だから重ねて載せておく）と匙を投げているのだから、二十一世紀の研究者が匙を投げても許して欲しい。

あえて臆説を述べよう。雄略と舒明の共通点は、二人とも時代の画期となっている点にある。開巻歌は雄略御製であり、二番歌は舒明御製である（159ページ参照）。新しい時代の到来を示す天皇であるために、同じような伝承が生まれた。ありそうな気もするけれども、とても論文には書けない。眉に唾して読んだ上で、ここだけのお話にしておいて欲しい。

ただ、歌は優れている。『万葉集』には鹿の鳴くことを歌う例が極めて多い。

このころの　秋の朝明《あさけ》に　霧隠り　つま呼ぶ鹿の　声のさやけさ

（10・二一四一）

山の辺に　い行く猟雄《さつを》は　多かれど　山にも野にも　さ雄鹿鳴くも

（10・二一四七）

この頃、秋の早朝に霧に隠れて妻を呼ぶ鹿の声の澄んでいることよ。

山のあたりを行く猟師は多いのに、山にも野にも男鹿が鳴いている。

妻呼ぶ鹿の声に己の心情を託したり、秋の景物の一つとして鹿の声が登場したりする。万葉を代表する秋の声である。

しかし、雄略（舒明）歌は鹿の声のないことに秋の夜の静けさを見出している。外で犬が鳴き出したことには気付くが、鳴きやんだことには無頓着なものである。

この二首、「閑かさや岩にしみいる蝉の声」が蝉の声によって閑寂を際立たせているのと裏表の関係にある。

朝倉小学校のプール付近が泊瀬朝倉宮の有力地である。子どもたちの邪魔にならぬよう、不審者と間違われぬよう気をつけて、次へと進む。

❹十二柱神社～長谷寺まで

朝倉小学校からさらに東に向かう。道路のそばに白山神社。ここに[1]保田與重郎揮毫の「萬葉集發燿讃仰碑」の石碑と一番歌の歌碑がある。先に触れた雄略の開巻歌を記念してのものである。桜井市には実に六十基を超える歌碑があり、しかも[2]川端康成、[3]東山魁夷、[4]入江泰吉など著名人の筆のものが多い。これは保田與重郎の骨折りに依るところが大きい。

ここから十二柱神社までは車に気をつけながら歩かねばならない。十二柱神社は、名前の通り十二柱の神を祀っているが、日本最初の力士である野見宿禰《のみのすくね》を祀る五輪塔が有名である。狛犬を支える部分も力士像になっている。第十一代・垂《すい》

(1) 明治四三年（一九一〇）～昭和五六年（一九八一）。桜井市生まれの文芸評論家。
(2) 明治三二年（一八九九）～昭和四七年（一九七二）。小説家。ノーベル文学賞受賞。
(3) 明治四一年（一九〇八）～平成十一年（一九九九）。画家。文化勲章受章者。
(4) 明治三八年（一九〇五）～平成四年（一九九二）。写真家。奈良の風景写真を多数残す。

十二柱神社の狛犬を支える力士像。

仁《にん》天皇の七年七月七日、ぞろ目の縁起の良い日。垂仁天皇のもとに「当麻寺のそばに住んでいる当麻蹶速《たぎまのけはや》はとてもつなく強い」という情報が届く。「いやいや、出雲国の野見宿祢の方が強い」という者もいる。「やっぱり当麻蹶速でしょう」、「何をいうとんねん、野見宿祢やで」。まぁ、ありがちなお話である。野見宿祢が出雲から呼び出され、史上初の大相撲が開催された。勝負は一瞬。野見宿祢は当麻蹶速のあばら骨を蹴折り、腰を踏み折って殺してしまった。以来、七月七日は相撲の節会となった。というより、相撲の節会が七月七日なので、この記事の日付も七月七日なのだろう。ちなみにこの野見宿禰、殉死をやめさせて埴輪を作らせた人としても有名である。この付近の地名は出雲、大和出雲人形はその名残りといわれる。野見宿禰の力を授かってさらに東へ。

初瀬観光センターに到着する。この付近はすでに長谷寺観光圏とでもいうべき場所であり、人々の賑わいも増す。参道のお店を見ながら進む。気をつけないと見過ごしてしまいそうな細い道が右側にあり、正面に小さな橋が見える。橋を渡ると長谷山口坐神社である。雄略の宮跡よりもだいぶ東に来てしまっているし、ご祭神は大山祇大神《おおやまつみのおおかみ》と天手力雄神《あめのたぢからおのかみ》なので、葛城一言主大神《かづらきのひとことぬしのおおかみ》が、葛城山を下りて

長谷寺

本堂へと続く登廊の石段は 399 段あるという。桜、牡丹、紅葉、寒牡丹などに彩られる美しい寺。本尊は約 11 メートルもある十一面観音菩薩立像。

所 在 地：桜井市初瀬 731-1
拝観時間：8:30 ～ 17:00
（10 ～ 3 月は 9:00 ～ 16:30）
拝 観 料：500 円

雄略を送った「長谷山口」（78ページ参照）ではないのだけれども、ドキドキしてしまう。

　このあたりで、万葉のお散歩は終わり。けれども折角来たのだから、長谷寺と與《よ》喜《き》天《てん》満《まん》神社を参拝してから帰ろう。ただ、長谷寺も與喜天満神社も長い階段が待ち受けているので、気力と体力に相談しながら行く。個人的には、出発時に三輪山を見て思い起こした「泊瀬の檜原」は長谷寺本堂からの景色だと思っている。是非。

　そうそう、近鉄長谷寺駅までもかなりの登り。最後の体力を保存しておくことをお勧めする。

與喜天満神社の階段。帰り道の体力は残しておいて。

Route. 6

忍《おっ》阪《さか》

万葉の気配ただよう、
静かなる伝承の地

Route. 6

忍阪

コースのポイント

なだらかながら坂は多い。歩きやすい格好で

Start 桜井駅→粟原《おうばら》バス停

徒歩10分

❶ 粟原《おうばら》寺《でら》跡《あと》

徒歩40分

❷ 舒明《じょめい》天皇陵（段《だん》の塚《づか》古墳）

徒歩5分

❸ 鏡《かがみの》王女《おおきみ》墓

徒歩30分

Goal 近鉄大和《やまと》朝《あさ》倉《くら》駅

距離 約6km

このコースの楽しみ

忍阪《おっさか》は読みにくい。特に「忍」を「おっ（おし）」と読むのは分かりにくい。「忍」は耐える意、「押されて耐える」意である。ここから「忍」を「おす」と読むようになった。葛城市には「忍海《おしみ》」（「おしうみ」）があり、大阪には「布忍《ぬのせ》」（「ぬのおせ」）という駅もある。

今日は忍阪を歩く。バスで忍阪の奥まで行き、そこから歩いて帰ってくる。とても観光地とはいえない。しかし、『万葉集』にとって忍阪は大切な土地である。日《ひ》並《なみしの》皇子《みこ》の追善供養のために建立された粟原寺の跡があり、『万葉集』の始まりともいうべき、舒明天皇の陵がある。被葬者に異論のない真陵である。

忍阪を歩いていると、この谷間の空間価値を考えさせられる。この地を大切にした理由は何なのだろう。ただ、観光地ではないので、トイレの場所の確認が不可欠である。

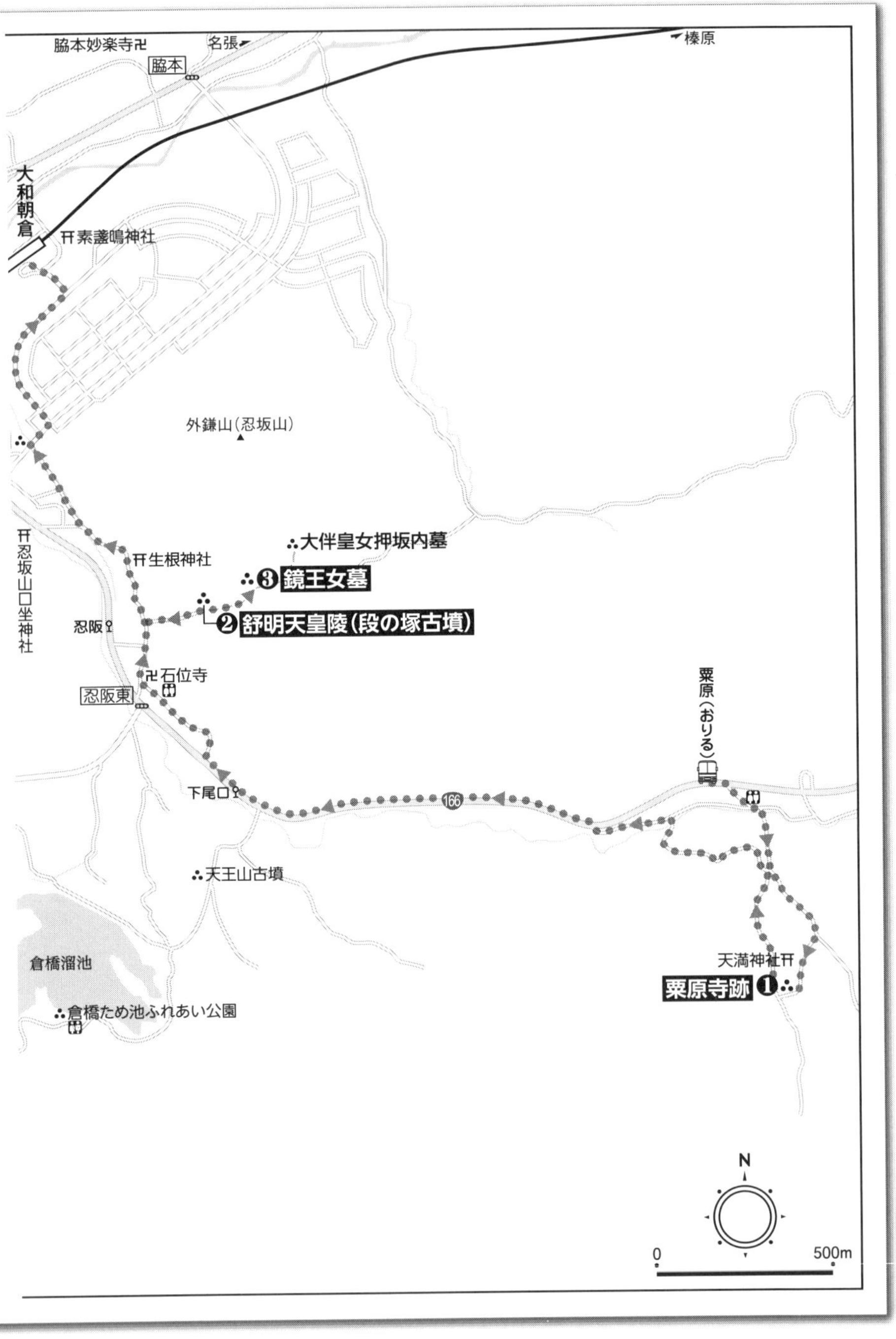
脇本妙楽寺
名張
榛原
脇本
大和朝倉
素盞嗚神社
外鎌山（忍坂山）
忍坂山口坐神社
生根神社
大伴皇女押坂内墓
❸鏡王女墓
❷舒明天皇陵（段の塚古墳）
忍阪
石位寺
忍阪東
粟原（おりる）
下尾口
166
天王山古墳
倉橋溜池
倉橋ため池ふれあい公園
天満神社
粟原寺跡❶
N
0
500m

忍阪ルートMAP

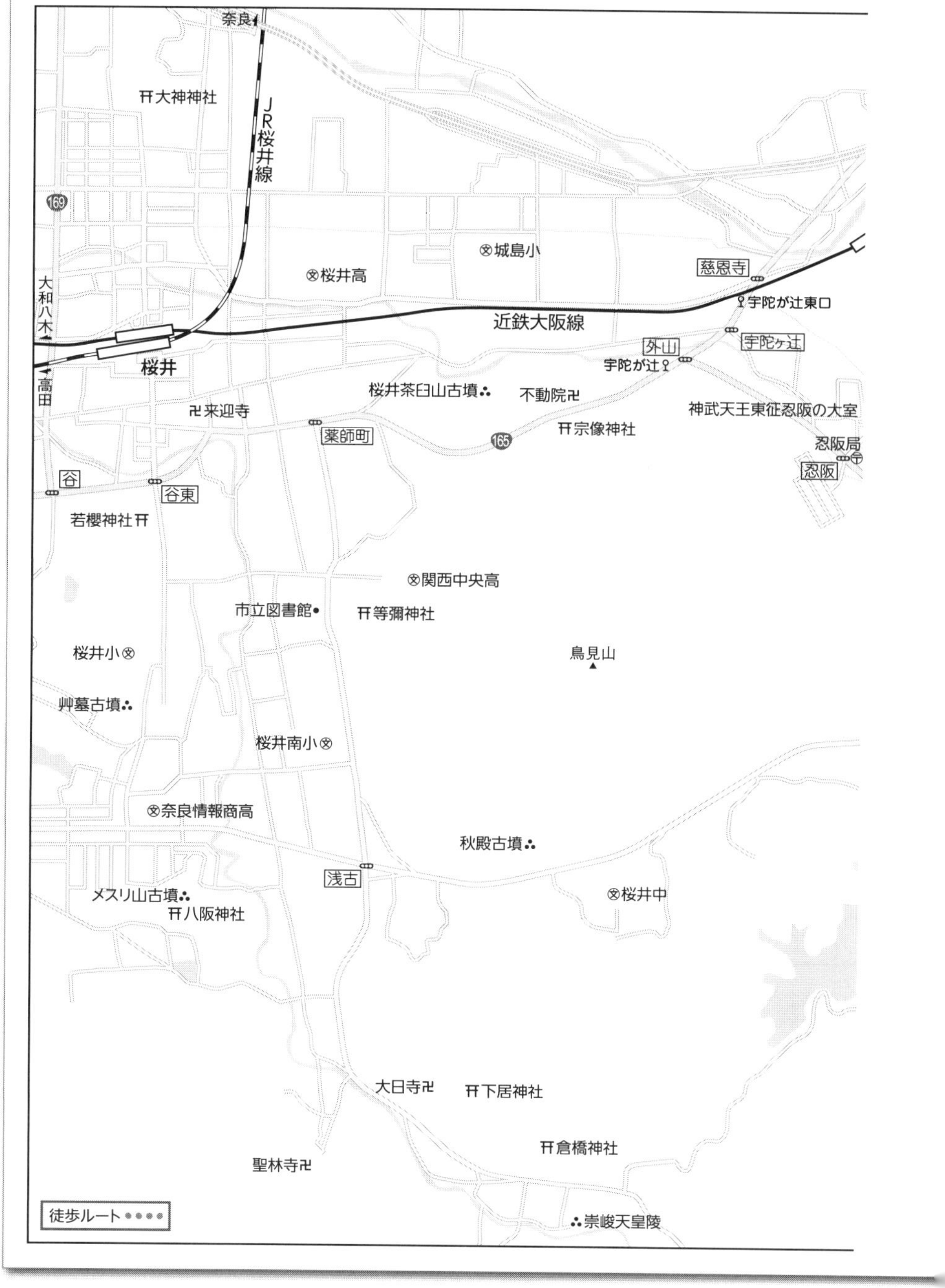
奈良
大神神社
JR桜井線
169
城島小
桜井高
大和八木
慈恩寺
宇陀が辻東口
近鉄大阪線
外山
宇陀ヶ辻
桜井
高田
宇陀が辻
桜井茶臼山古墳
不動院
来迎寺
神武天王東征忍阪の大室
宗像神社
薬師町
165
忍阪局
忍阪
谷
谷東
若櫻神社
関西中央高
市立図書館
等彌神社
桜井小
鳥見山
艸墓古墳
桜井南小
奈良情報商高
秋殿古墳
浅古
桜井中
メスリ山古墳
八阪神社
大日寺
下居神社
倉橋神社
聖林寺
徒歩ルート
崇峻天皇陵

忍阪《おっさか》

忍阪《おっさか》の歴史は古い。隅田八幡宮《すだはちまんぐう》（和歌山県橋本市）に残る人物画像鏡には、「意《お》柴沙加宮《しさかみや》」の文字が存在する。この鏡は四四三年成立説と五〇三年成立説があり、今も決着を見ていないが、いずれにしても五～六世紀の生の資料に「おしさか」という地名が存在していることは間違いない。この「おしさか」が約《つづ》まって「おさか」となる。現在、「坂」は「阪」の字となり「おっさか」と読む。その忍阪を通る「忍阪街道」は桜井《さくらい》と宇陀《うだ》を結ぶ道筋である。

『万葉集』には、次の挽歌が残る。作者も伝わらないし、誰の死を悼んだ歌であるかも不明であるが、山の荒れ行くことを人の死に譬《たと》えた歌である。

こもりくの　泊瀬の山　青旗《あをはた》の　忍坂《おさか》の山は　走り出《はしで》の　宜《よろ》しき山の　出で立《いた》ちの　くはしき山ぞ　あたらしき　山の　荒れまく惜しも（13・三三三一）

（こもりくの）泊瀬の山、（青旗の）忍坂の山は、山並みのよい山で、姿の美しい山だ。もったいないことだ、この山の荒れてしまうのが惜しい。

泊瀬山（長谷寺のある山）と忍坂山（現在の外鎌山といわれる）とは、東西に延びる泊瀬渓谷を形成する南北の山である。万葉の時代、山は人が守り育てるものという感覚があった（110ページ参照）。そうした感覚が山の衰亡と人の死とを二重写しにさせたのだろう。また、この歌、結句部分が「五・三・七」という変わった韻律を持つ。これは万葉の時代でも既に古い様式であり、ここにも忍阪の歴史が見える。

それだけではない。初代・神武天皇の即位前の記事にも忍阪は登場する。難波で手痛い敗戦を喫した神倭《かむやまと》伊波礼毘古命《いはれびこのみこと》（即位して第一代・神武天皇となる、以下、「イハレビコ」）が、熊野から吉野を経て、ようやく辿《たど》り着いた地が忍阪である。そこには大和の国中《くんなか》を目前にしたイハレビコに最後まで抵抗を続ける者たちがいた。名を土蜘蛛《つちぐも》という。尾を持っていたと『古事記』に記されている。彼らは忍阪の大室《おおむろ》（所在地不明）に大勢で待ち構えていた。イハレビコは配下の者に「歌を聞いたら一斉に斬りかかれ」とあらかじめ命じておき、歌い始める。

忍坂《おさか》の　大室屋《おほむろや》に　人多《ひとさは》に　来入《きい》り居《を》り　人多《ひとさは》に　入《い》り居《を》りとも　厳々《みつみつ》し
久米《くめ》の子《こ》が　頭椎《くぶつつ》い　石椎《いしづつ》い持《も》ち　撃《う》ちてし止《や》まむ　厳々《みつみつ》し　久米《くめ》の子《こ》らが
頭椎《くぶつつ》い　石椎《いしづつ》い持《も》ち　今撃《いまう》たば宜《よ》らし（記・一〇）

忍坂の大きな室屋に人が大勢入って来ているぞ。人が大勢入っていても、勇敢な久米部の者たちの巨大な頭《かしら》の槌《つち》、石の槌を持って敵を撃ち果たすぞ。勇敢な久米部の者たちの巨大な頭の槌、石の槌を持って、今撃てば成功だ！

「今撃たば宜らし」と歌い終わると同時に襲いかかり土蜘蛛たちは皆殺しにされる。歌の途中の「久米の子」はイハレビコ配下の武族である。原始的な合図といってしまえばそれまでだが、この後、イハレビコの兄を殺した登美毘古《とみびこ》を討ち果たし、神武天皇として即位する。「忍阪街道」は王への道であった。

さぁ、忍阪の万葉を訪ねよう。ただひとつ。桜井から「忍阪街道」を大宇陀に抜けるバスは本数が少ない。お目当てのバスを逃さぬように計画を立てて、「今行かば宜らし」。

倉《くら》椅《はし》

忍阪に向かうバス。だいぶ奥まって来たなという頃、右手に「くらはし」と書かれた土手が見えて来る。倉椅池の堤に描かれたこの文字は、絶好の目印なのだが、「そろそろ倉椅かな」と想像する楽しみは味わえない。堤の東側には崇峻《すしゅん》陵と目される赤坂天王山古墳《あかさかてんのうざんこふん》がある。陵墓指定を受けていないため、中に入ることは可能だが、這わずには石室までたどり着けない。石棺の残る石室内で、「そういえば崇峻天皇は蘇我氏に暗殺されたのだな」と思ってしまうと、少々恐い。いや、正直に言おう。とても恐い。

恐いので、『万葉集』に戻る。「倉椅」の地名は五首に残る。

倉椅の　山を高みか　夜隠《よごも》りに　出《い》で来《く》る月の　片待《かたま》ち難《がた》き（9・一七六三）

倉椅山が高いからか、夜更けて出て来る月を待ちかねている。

赤坂天王山古墳

崇峻陵といわれる横穴式の古墳。恐れずに中に入ろうという方は、石室内は暗いのでライトをお忘れなく。

所在地：桜井氏倉椅

題詞に沙弥女王《さみのおおきみ》の作とあるが、彼女の伝は不明。ほとんど同じ歌が間人大浦《はしひとのおおうら》作の「初月歌《しょげつのうた》」（三日月の歌）として載る。間人大浦の伝もまた不明である。

倉橋の　山を高みか　夜隠《よごも》りに　出《い》で来《く》る月の　光乏《とも》しき（3・二九〇）

倉椅山が高いからか、夜更けて出て来る月の光の薄いことよ。

三日月はあたりが暗くなるとすぐに中空に浮く。「初月」（三日月）とありながら、「夜隠りに　出で来る」と歌うこの間人大浦の歌は古来研究者を悩ませており、今も明解はない。ただ、二首ともに倉椅山が月の出を遅くするほど高いことを歌う。粟原川の谷間《たにあい》の両側に迫る山の実感であろう。

倉椅には恋の歌も残る。

梯立《はしたて》の　倉椅山に　立てる白雲　見まく欲《ほ》り　我がするなへに　立てる白雲（7・一二八二）

梯立の　倉椅川の　石の橋はも　男盛《をざか》りに　我が渡してし　石の橋はも

忍阪街道は神武天皇が宇陀から奈良盆地に入ったルート。バスが通る166号線からは、美しい棚田の風景も見られる。

梯立の　倉椅川の　川のしづ菅《すげ》　我が刈りて　笠にも編まぬ　川のしづ菅

（7・一二八三）

（梯立の）倉椅山に立っている白雲よ、見たいと思うたびに立っている白雲よ。

（7・一二八四）

（梯立の）倉椅川の飛び石よ、男盛りの頃、僕が渡した飛び石よ。

（梯立の）倉椅川のしづ菅よ、刈るには刈ったけれど笠に編みもしなかったしづ菅よ。

変わった五七七五七七の形式の歌で、旋頭歌《せどうか》と呼ばれる。上三句と下三句とが対照的に配置される形式である。この三首は、『万葉集』の原資料の一つである『柿本人麻呂歌集』から採録された。

一度読んだだけでは何を歌っているのか、わからない。丁寧に読もう。「白雲」を見たいとは、「白雲」に愛《いと》しいあの娘《こ》を見出していること。「石の橋」を渡すのはその娘の許《もと》に通うため。橋を架けるのは大工事だったため、大きな石を川に投げ入れて、橋の代わりにしていたのである。「男盛り」でなければ、とてもできない。「しづ菅」は水辺の草の一種だが、その具体は不明。ただし、その娘を指していることは間違いない。刈るには刈ったけれど、結局笠を編むには到らなかった。花は咲けども実成らぬ恋だったのだろう。

そして、この男性、今は「男盛り」を過ぎている。後悔と懐かしさが入り交じる。「石の橋はも」の「はも」はここにないものに思いを致す表現である。あの「石の橋」は、もうない。

忍阪街道は粟原川沿いの道である。飛び石で渡れる川なので、それほど大きな川ではない。どのあたりに「白雲」に例えられたあの娘は住んでいたのだろうか。バスはさらに進む。

❶ 粟原寺跡《おうばらでらあと》まで

粟原《おうばら》のバス停から坂を少し下ると粟原川。勿論飛び石の橋ではなく、普通の橋を渡る。ここから粟原寺跡まで登り坂。かなりきつい。粟原寺は、持統八年（六九四）から和銅八年（七一五）の二十二年の歳月を掛けて建立《こんりゅう》された。二十年は長いよ

うだが、当時の寺院建立の標準的な建築期間である。ただし、粟原寺のように正確に判明している寺院はほとんどない。これは、談山《たんざん》神社に伝わる「粟原寺三重《おうばらでらさんじゅうの》塔伏鉢《とうふくばち》」（国宝）に、粟原寺完成までの経緯が記されていたことから偶然判明したものである。伏鉢とは下図のように、塔の九輪を支える部分。この伏鉢には粟原寺の寺域の北端が「忍坂川」と刻まれており、急な斜面に広大な寺域が広がっていたことがわかる。

粟原寺は、皇太子のまま薨去《こうきょ》した日並皇子《ひなみしのみこ》（天武天皇の皇子）のために、中臣《なかとみの》大嶋《おおしま》（天武～持統時代の重臣）が建立を計画した寺である。そして、大嶋の死後、比売朝臣額田《ひめのあそみぬかた》（伝未詳）があとを継いで完成させた。この「比売朝臣額田」と額《ぬか》田王《たのおおきみ》の関係が取り沙汰されたこともあり、粟原寺跡には額田王の歌碑も残る。

額田王は万葉屈指の女性歌人である。しかし、彼女が『日本書紀』に登場するのはただ一度。天武天皇の妻や子を列挙する記述中に、天武天皇は、最初に鏡《かがみの》王《おおきみ》の娘・額田姫王を娶り十市皇女《とおちひめみこ》が生まれたと記されるのみである。

ところで、額田王は後に触れることになる鏡王女《かがみのおおきみ》（162ページ参照）の妹と目されたこともあった。先に触れた『日本書紀』に額田王は鏡王の娘とあるため、江

粟原寺跡

三重塔の伏鉢が残っており（談山神社蔵）、草壁皇子をしのんで中臣大嶋が建てたことがわかっている（715年完成）。塔跡、金堂跡には礎石が残る。

所在地：桜井市粟原

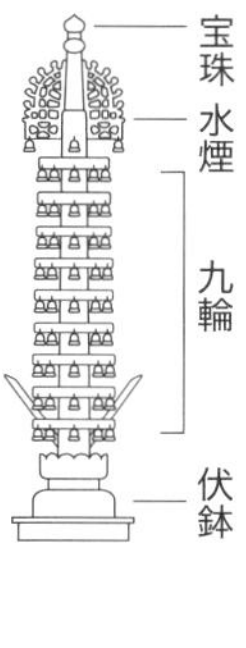

戸時代には「鏡王の長女は、父の名を取り鏡王女と呼ばれ、次女は育った土地名から額田王と呼ばれた」とする説が流布してしまった。しかし、他に徴証はなく、現在では否定的な意見が多い。とはいうものの、二人が並んで登場する次の二首は秀逸である。

額田王、近江天皇を思《おも》ひて作る歌一首

君待つと　我が恋ひ居《を》れば　我がやどの　簾《すだれ》動かし　秋の風吹く（4・四八八）

鏡王女の作る歌一首

風をだに　恋ふるはともし　風をだに　来《こ》むとし待たば　何か嘆かむ（4・四八九）

額田王が天智天皇を思って作った歌一首

貴方を待って恋うておりますと、私の家の簾を動かして秋の風が吹きます。

鏡王女の作った歌一首

風だけでも恋うことができるとは羨ましい。風だけでも来ると思って待ったなら、何を嘆くことがありましょう。

この二首は巻八にも重出しており（8・一六〇六〜七）、当時から二首一組で享受されていたと考えられる。額田王が天智天皇の訪れを待っていると簾が動く。しかし、それは秋の風が吹いただけだった。鏡王女がこたえる。風だけでも恋うなどとは羨ましい限り、風だけでも待つことができるならこれほど嘆きません。想い人の訪れを待つ妹と、想い人すらいない姉、よくできた想像である。しかし、題詞に見える「近江天皇」という書式は珍しく、少なくとも額田王と同時代のものとは思えない（同時代の天皇については、「天皇」とのみ記すのが一般的）。さらに、歌の内容も中国文学の影響を受けているといわれ、額田王の実作性さえ疑われている。

しかし、事実はあまり問題ではない。恋人と待ち合わせる喫茶店で、入口のドアが開くたびに心が揺れる気持ちにも共感できるし、ドアが開くのに心が揺れるだけでも羨ましい、私にはそのドアすらないという悲しみにも共鳴できる。こうした心の協奏曲こそ、この二首の命だろう。

広大な寺域に思いを馳せつつ、折角登ったのにと思いながら坂を下り舒明陵へと向かう。

忍阪集落の南の入り口には「忍坂道伝承地」の碑が立つ。

❷ 舒明陵《じょめいりょう》まで

粟原寺からの急な坂道を下り、粟原川沿いに歩いて来るとやがて石位寺《いしいでら》。白鳳時代の作と伝わり、日本最古といわれる石仏（伝薬師三尊像）がある。本尊が四本足の椅子に座っている。四本足の椅子は今は普通だが、当時としては極めて珍しい。拝観するには、開扉の予約が必要である（下参照）。

石位寺から歩くこと約十分。段《だん》の塚《づか》古墳に到着する。段の塚古墳は宮内庁が舒明陵に指定している古墳である。宮内庁が認定する陵と、実際の陵とは打ち合わない例が多いが、ここは舒明陵とほぼ確定している古墳である。

『万葉集』の一番歌は、雄略天皇の御製《ぎょせい》である（137ページ参照）が、これは伝承された歌であり、実質的には舒明天皇御製の二番歌をもって『万葉集』の歴史が起動する。舒明天皇は万葉時代の始発に位置する天皇であり、『万葉集』※は舒明皇統の和歌集といっても過言ではない。その二番歌を読もう。

※舒明皇統について　「万葉の時代」は舒明天皇即位の舒明元年（六二九）から、巻末歌が歌われた天平宝字三年（七五九）までの百三十年間と

石位寺

白鳳時代の石像浮彫が安置される。無住寺のため、拝観の際は要予約。

所在地：桜井市忍阪 870
予約先：0744-42-9111
（桜井市役所観光まちづくり課）
維持管理協力金：300 円

天皇《すめらみこと》、香具山《かぐやま》に登りて望国《くにみ》したまふ時の御製歌

大和には　群山《むらやま》ありと　とりよろふ　天《あめ》の香具山　登り立ち　国見をすれば　国原は　煙立ち立つ　海原は　かまめ立ち立つ　うまし国そ　秋津島《あきつしま》　大和の国は（1・二）

（舒明）天皇が香具山に登って国見をなさった時の御製歌

倭国には多くの山があるとして、鎧《よろい》を身にまとう天の香具山。その香具山に登り立って国見をすると国原には煙があちこちに立ち上り、海原には「かまめ」（鷗《かもめ》のことか？）があちこちに飛び立つ。素晴らしい国、秋津島、大和の国は。

お手持ちの『万葉集』では、第二句を「群山あれど」と訓《よ》んでいるかもしれない。この句、原文には「村山有等」とあり、「等」を「と」と訓むか、「ど」と訓むかで論が割れる。ここは筆者の信念に従って「ありと」と訓む。また、平成二二年（二〇一〇）まで、第三句の「とりよろふ」は意味不明であった。「とり」は「取扱説明書」の「とり」のようにそれほど大きな意味はないと思われるが、「よろふ」は「鎧《よろひ》」と関係ありそうだが、奈良時代の文献に「よろひ」は登

いわれる。天皇代で見ると、第三十四代・舒明天皇の時代から第四十七代・淳仁天皇の時代までとなる。

この時代は、199ページの系図を見てもわかるように、舒明天皇と斉明天皇の子孫が歴代天皇となっている。この点から『万葉集』は舒明皇統の歌集ともいわれる。また、漢字二文字の天皇号は八世紀の中頃に付けられたと考えられているが、古代史のメインストリームは神武・天武・文武・聖武という「武」の名称の付く天皇によって形成されているといってよい。

なお、第三十九代・弘文天皇（天智の子、大友皇子）は明治時代になってから追号なので、系図には記していない。

「神籠石（じんごいし）」と呼ばれる大石。神武天皇が土蜘蛛・八十建（やそたける）を討つときに身を隠し、盾にして矢を放ったという伝説がある。

場しない。困っていた。そこにあらわれたのが北大津《きたおおつ》遺跡《いせき》（滋賀県大津市）出土木簡《もっかん》である。漢字の訓読みが記された貴重な木簡として有名であったが、解読技術の向上にともない、あらためて解読が施された。木簡は基本的に墨で記されるため、目視できずとも少量の炭が残っている場合がある。そこに赤外線を当てると見えるようになる。その結果、今まで見えていなかった「鎧」の文字を「与里《よろ》比《ひ》」と訓読していたことが判明したのである。二番歌の香具山は鎧を身にまとうと歌われていた。万葉の歴史は、香具山に登り大和全体を視野に収めようとするこの歌から始まった。

　舒明天皇は舒明十三年（六四一）十月九日に崩御。『日本書紀』には「天皇《すめらみこと》、百済宮《くだらのみや》に崩《かむあが》りましぬ。」、十八日には「宮の北に殯《もがり》す。是を百済大殯《くだらのおほもがり》と謂《い》ふ」とある。「殯」は、死後一定期間、遺体を安置することなので、まだ本葬には到っていない。舒明天皇に関する次の葬礼記事は皇極元年（六四二）十二月二一日の「息長足日広額天皇《おきながたらしひひろぬかのすめらみこと》を滑谷岡《なめたにのをか》に葬《はぶ》りまつる」である。さらに皇極二年（六四三）九月六日には「息長足日広額天皇《おきながたらしひひろぬかのすめらみこと》を押坂陵《おしさかのみささぎ》に葬《はぶ》りまつる」とある。つまり、殯の後、「滑谷岡」に埋葬され、その後に「押坂陵」に改葬されたのである。初葬地・滑谷岡の場所は長らく不明だったが、平成二七年（二〇一五）に発掘された、明日香村の※小山田《こやまだ》遺跡をこの地とする説もある。この点は今後の研究成果に委ねるよりないが、「押坂陵」が段の塚古墳であることは間違いない。

三段の方形の上に八角の墳丘が存在する、独特の形を持つこの陵墓は目を凝らすとその意匠をぼんやりと把握できるような気がする。この八角墳こそ舒明皇統を特徴付ける王墓の様式といわれる。妻の皇極（重祚して斉明）の陵といわれる牽牛子塚《けんごしづか》古墳、長男・天智天皇の御廟野《ごびょうの》古墳、次男・天武天皇とその妻・持統天皇の合葬陵たる野口王墓《のぐちおうぼ》古墳、孫・日並皇子《ひなみしのみこ》の墓である可能性が極めて高い束《つか》明神《みょうじん》古墳、曽孫・文武《もんむ》陵と思われる中尾山《なかおやま》古墳、全て八角墳である。八角墳の歴史も舒明に始まった。

※校正中に、小山田遺跡は飛鳥地域最大級の古墳だったという報道があった。今後も目を離せない。

❸ 鏡王女《かがみのおおきみ》墓まで

舒明陵の階段を降りて、すぐ奥の小川のほとりに歌碑がある。そこから少し登ると鏡王女の墓である。彼女についてはあまりよく分かっていない。「王女」は天皇の三～四世（後に五世）までの子孫の尊称なので、天皇の血筋の女性であることは間違いない（169ページ参照）。また、『日本書紀』には、天武十二年（六八三）七月四日に、天武天皇が鏡王女（『日本書紀』では「鏡姫王」）の家に出向き、病の様子を聞いたことが記され、その翌日に薨去記事がある。天皇自らがお見舞いに訪れていることから、天武と近しい関係であったことは間違いないが、それ以上のことは不明である。鏡王女が登場する奈良時代の文献は、他には『万葉集』のみである。これが同時代から見た彼女の全てである。

時代が下り平安時代の文献ではあるが、比較的信用できそうなものとして、歴代天皇や皇子・皇女の陵墓一覧である「諸陵式」（『延喜式　第二十一』、延長五年（九二七）年成立）がある。そこには鏡女王の墓は「押坂墓」と記され、押坂陵の

舒明陵近くの小川にある鏡王女の歌碑。うっかりすると見逃してしまうほど、ひっそりと佇む。

域内東南にあると記されている。舒明陵の域内に墓が設けられているところをみると、舒明天皇の妹あたりを想定するのが筋だろうか。また、昌泰三年（九〇〇）に成立した『興福寺縁起』には、最初天智天皇の寵愛を受け、後に中臣鎌足に嫁ぎ、やがて鎌足が病に沈んだ時、興福寺の前身である山階寺を開基したとある。この内容は、次に掲げる一連の五首のありようと符合する。まず最初の二首。

天皇、鏡王女に賜ふ御歌一首

妹が家も　継ぎて見ましを　大和なる　大島の嶺《ね》に　家もあらましを

（2・九一、注略）

鏡王女の和へ奉る御歌一首

秋山の　木《こ》の下隠《したがく》り　行く水の　我こそ益さめ　思ほすよりは（2・九二）

天智天皇が鏡王女にお与えになった御歌一首

愛しいお前の家をずっと見ていたい。大和にある大島の嶺に家があればいいのに。

鏡女王押坂墓

天智天皇の妃から、藤原鎌足の正室となったと伝わる鏡王女の墓。静かな奥の谷は、鳥の声や風の音がよく聞こえ、万葉に思いを寄せるのにぴったり。

所在地：桜井市忍坂

鏡王女が和して奉った御歌一首

秋山の黄葉に隠れて流れ行く水嵩が増して行くように私の方の恋の方が優っています。あなた様の思いよりも。

天智天皇は、なかなか逢会の叶わない鏡王女の家を見たいと歌いかけ、鏡王女は、「私は秋山の水のようにあなたからは見えませんが、思いはあなたよりも深いのです」と返す。「見たい」という贈歌に対して、「見えませんけれど～」とは、絶妙の返歌である。この二首を読む限り、二人は相思相愛の関係である。ここに鎌足が登場する。鎌足はいうまでもなく天智天皇の右腕、天智を総理大臣とすれば、鎌足は官房長官である。その鎌足に鏡王女は歌を贈る。

内大臣藤原卿《ふぢはらきやう》、鏡王女を娉《よば》ふ時に、鏡王女、内大臣に贈る歌一首

玉櫛笥《たまくしげ》　覆《おほ》ふをやすみ　明けていなば　君が名はあれど　我が名し惜しも

（2・九三）

内大臣藤原卿、鏡王女に報へ贈る歌一首

玉櫛笥　三諸の山の　さなかづら　さ寝ずはつひに　ありかつましじ

（2・九四、注略）

中臣鎌足が鏡王女を妻問うた時、鏡王女が鎌足に贈った歌一首

女性の大切な持ち物である玉櫛笥を我がもののように覆うのがたやすいので、玉櫛笥のフタを開けるのも……夜が明けてから帰られたら……私たちの仲が知られてしまったら、貴方の名前知られるのはともかくも、私の名前は困ります。

鎌足が鏡王女にこたえ贈った歌一首

（玉櫛笥）三諸の山のさなかづら……共寝をせずにはおられません。

「玉櫛笥」は化粧品を入れる箱である。女性が大切にしている箱である。その開閉が容易だとあなたはいうけれど、と言いさした形のまま、歌はそこから夜が明けてから男が帰る状況へと文脈が変化する。夜が明けてから帰るとある以上、この二人の仲は自ずと限定される。その上で、鏡王女は「男性のあなたはともかくも、女性の私に浮き名が立つのは困ります」と歌う。「私の化粧品の箱を自由にできると思ったら大間違い」という強い語気が背後に見え隠れする。それに対し鎌足は

全面降伏である。しかも「三諸」の原文は「将見圓山」とあり、覆われた玉櫛笥を見たい意が籠もる。鏡王女を一目見たい気持ちが伝わる。

そして、歌群はさらに続き、思わぬ結末を迎える。

内大臣藤原卿、采女《うねめ》の安見児《やすみこ》を娶《ま》く時に作る歌一首

我《あれ》はもや　安見児得たり　皆人の　得かてにすといふ　安見児得たり

（2・九五）

鎌足が采女・安見児を娶ったときに作った歌一首

私はついに安見児を手に入れたぞ。誰もが手に入れられないという安見児を手に入れたぞ。

題詞に見える「采女」とは、豪族の妹や娘の中から貢上された美しい女性であり、天皇の身の回りの世話を担当していた。当然ではあるが、天皇以外の男性との交渉は厳禁である。その采女の一人である「安見児」を鎌足は天皇から下賜された。現代の感覚とは随分違うが、ともかくもそういうことである。この五首には一連

のストーリーが見え隠れする。天智天皇と鏡王女とは恋仲であったが、やがて、鎌足を含めた三角関係となり、ついに采女を下賜することになった。最後の一首を無視すれば、当初天智天皇の寵愛を受けていたが、後に鎌足の妻となるという『興福寺縁起』の記述は分かりやすい。多くの研究者がこれに飛びついた。しかし、この当代のトップツーをめぐる歌のやり取りに最初に飛びついたのは、『興福寺縁起』の著者・藤原良世だったのではあるまいか。もしも『万葉集』の五首を正当に読み進めれば、最後の一首も読みの中に組み込まねばならず、そうすると鎌足は鏡王女と添い遂げていないことになってしまう。まともにこの五首と向き合えば、最大の被害者は「安見児」である。彼女を無視してよいいわれはない。

しかし、少し気持ちを落ち着けて考えてみれば、最初の天智との贈答歌や、次の鎌足との秘められた歌のやり取りが、人々の目にさらされ、やがて『万葉集』に掲載されるに到ったと考えるのはあまりに突飛である。飛鳥時代、王族（鏡王女）が臣下（鎌足）の正妻になることはあり得ないという歴史学からの発言もある。このスキャンダラスな関係は当時の人々の好奇心が作り上げたお話だったのではあるまいか。

もしかすると、この五首のどこかに事実の破片が残っているかもしれない。しかし、その見極めに拘泥《こうでい》するあまり、鏡王女の歌の巧妙さを見逃してしまうのは本末転倒だろう。もう一度先ほどの歌群を読み直して欲しい。五首に通底するのは「見る」ことへの執心である。『万葉集』の恋歌にあって「見る」は単に顔を合わすという意には留まらない。最後の一首には「見る」という単語は存在しないが、「安見児」という固有名詞は「簡単に見ることのできる女性」を意味する。

文学と歴史のはざまを考えることは楽しい。しかし、夏目漱石が決して猫ではないように、文学は虚構の産物でしかない。虚構世界に遊ぶことと、それを安易に歴史に還元することとは厳密に区別する必要がある。

おやおや、講義が長くなりすぎた。鏡王女も飽きているに違いない。彼女の墓を離れて、さらに登ると欽明《きんめい》天皇の娘・大伴皇女《おおとものひめみこ》墓である。後ろを振り向くといかにも忍阪らしい景色が眼前に広がる。ここから大和朝倉駅まで徒歩約三十分。今日の終着駅である。

そうそう、鏡王女の墓から忍坂山（外鎌山）を登り、大和朝倉駅まで行くことも可能ではある。ただし、とても懐の深い山であり、相当の覚悟が必要である。

大伴皇女忍坂内墓。

大伴皇女忍坂内墓がある場所からは、多武峰（とうのみね）や音羽山（倉橋山）などの山並みが眺められる。

◀関係系図

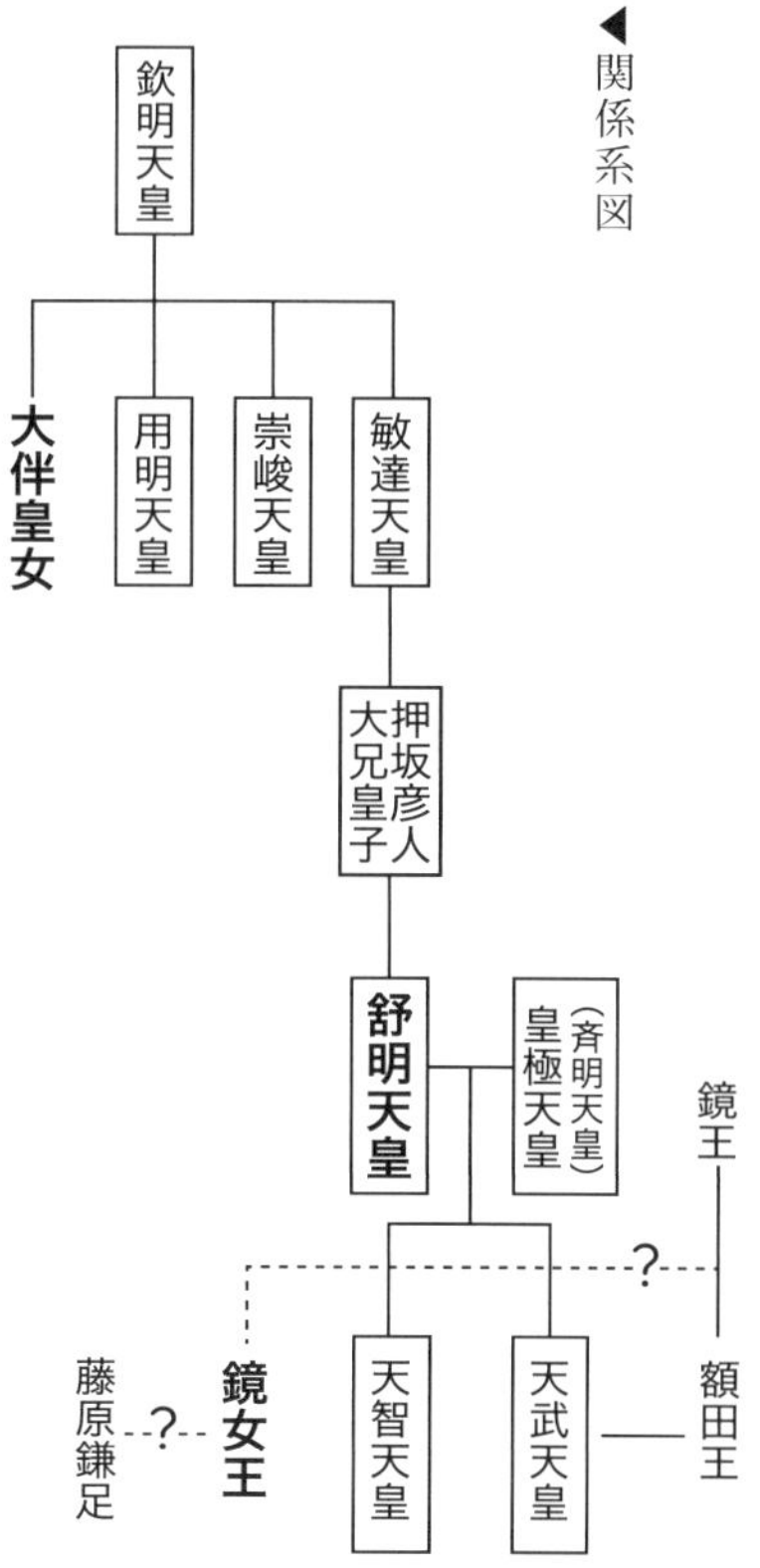

◀王と女王（王女）

現代語では王と女王は王様ご夫妻を意味するが、万葉の当時は違っていた。

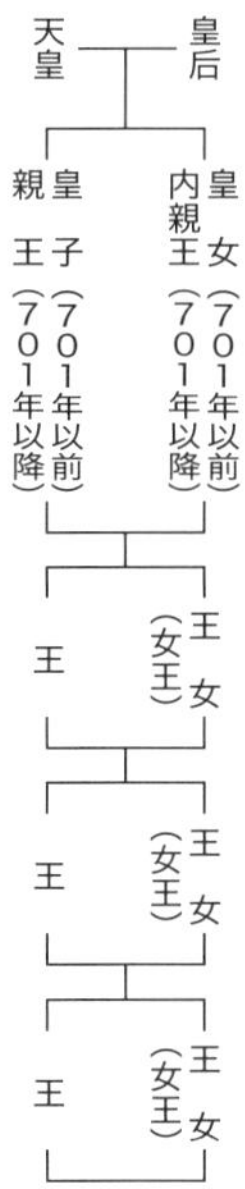

天皇の孫以下、四世（後には五世）までが王・女王（王女）と呼ばれた。

◀死の表現

当時は位階によって死の表現も違っていた。

天皇 → 崩御《ほうぎょ》

一位～三位相当 → 薨去《こうきょ》

四位～五位相当 → 卒

六位以下 → 死

我々のほとんどは「死」である。

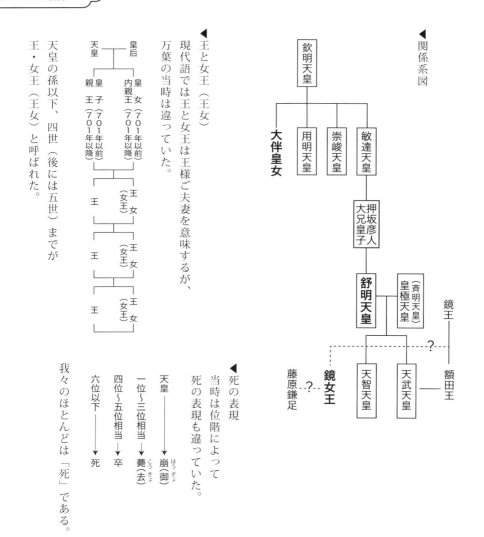

おさんぽ
ひとやすみ

宇陀

宇陀《うだ》は現在の宇陀市大宇陀《おおうだ》付近である。榛原《はいばら》駅からバスで約二十分。大和と伊勢を結ぶ伊勢本街道沿いにあり、古い町並みを残している。また、ここから南下すると吉野にも抜けられる。神武天皇は吉野からここを通って大和盆地に入って行った。天照大御神を頂いた倭姫命《やまとひめのみこと》はこの地を抜けて伊勢へと向かった。そして、壬申の乱の直前、大海人皇子《おおあまのみこ》（後の天武天皇）もまた、吉野から宇陀を通って東国へ脱出した。しかも、大海人皇子がこの地を通ったのは、神武天皇と同じ六月二十四日である。宇陀は交通の要衝《ようしょう》であった。あるいは大海人皇子の行動をもとに、『日本書紀』の神武天皇のお話が作られたのかもしれない。史実はどうあれ、宇陀を歩く者は王への道を歩く者である。ここは王権へと向かう道である。

天武の皇太子・草壁皇子《くさかべのみこ》もまた、この地を歩いた。彼も王権を手にするはずであったが、持統三年（六八九）、皇太子のまま二八歳で薨去してしまう。王権への道程は厳しい。その時の挽歌が残る。

けころもを　時かたまけて　出でましし　宇陀の大野は　思ほえむかも（2・一九一）

（けころもを）その時の到来を待って出立した宇陀の大野のことが思われる。

草壁皇子への挽歌は、『万葉集』に二十八首。一人の死を悼む歌数としては最多である。その中で飛鳥付近以外の地名が歌われるのはこの一首のみ。いかに「宇陀の大野」が彼にとって、いや、天武王権にとって重要な地であったかが知られる。

草壁を失った母・持統天皇は、草壁の子・軽皇子《かるのみこ》に期待を寄せる。軽もまたこの地を歩く。その時の柿本人麻呂作歌が五首残る。そのうちの一首。

日並《ひなみし》　皇子の尊《みこと》の　馬並《な》めて　み狩立たしし　時は来向かふ（1・四九）

日並皇子の尊が馬を並べて狩りに出立なさった時がやって来る。

この歌が草壁を日並と呼んだ最初だといわれる。父が狩猟に出立した過去の時間が未来からやって来ると歌う。あまりにも大胆な表現に驚く。けれども、その感覚はよく理解できる。日並皇子の時が出現したのである。この時、軽皇子は十歳くらいか。亡き父同様、王権への道を歩み始めた。そう、父を越えるために。
軽皇子は十四歳で即位、文武天皇となる。宇陀は王権狩りの地であった。

おまけ

「かぎろひ」

上に引いた「日並　皇子の尊の〜」（1・四九）の直前の歌の原文は、

東野炎立所見而反見為者月西渡

である。一般には、

東《ひむがし》の　野にかぎろひの　立つ見えて　かへり見すれば　月傾きぬ（1・四八）

と訓まれ、東の太陽（かぎろひ）と西の月とを対照的に描いた歌とされている。ところが、たとえば、平成二十五年（二〇一三）に刊行された『万葉集（一）』（岩波文庫）には、

東の　野らにけぶりの　立つ見えて　かへり見すれば　月傾きぬ（1・四八）

とあり、全く違う歌となっている。原文「炎」を何と訓むか、「かぎろひ」と訓んだとして、それを曙光《しょこう》の意として解してよいのか。「月西渡」は「月傾きぬ」と訓むべきなのか。問題は多い。ちなみに筆者は、

東の　野らにはけぶり　立つ見えて　かへり見すれば　月西渡る（1・四八）

と訓むべきと考えている。狩の煙が東の野に立ち、振り返れば夜が終わりを告げる。ただ、歌の格としては慣れ親しんだ「かぎろひ」の訓にかなわない。しかし、この一首の訓が変わったところで、宇陀という土地の重要性が変わるわけではない。

Route. 7

飛鳥《あすか》

ゆったり、のんびり
想像力をたずさえて

Route. 7

飛鳥

コースのポイント

おさんぽを満喫できる、歩きやすい道のり

Start
近鉄橿原神宮前駅→豊浦《とようら》駐車場

徒歩5分

❶ 向《こう》原《げん》寺《じ》（豊《と》浦《ゆらの》宮《みや》跡《あと》）

徒歩20分

❷ 甘《あま》樫《かしの》丘《おか》（展望台）

徒歩25分

❸ 川原《かわら》寺《でら》跡《あと》

徒歩5分

❹ 橘《たちばな》寺《でら》

徒歩20分

❺ 石《いし》舞《ぶ》台《たい》

徒歩30分

❻ 県立万葉文化館まで

徒歩20分

Goal
飛鳥バス停→近鉄橿原神宮前駅

距離 約7.0km

このコースの楽しみ

七世紀の百年間。そのほとんどの時期、飛鳥は日本の中心だった。そのはじまりは推《すい》古《こ》天皇の豊浦宮である。

今日は、その豊浦宮跡から万葉文化館までを歩く。登りらしい登りは甘樫丘、酒《さか》船石《ふねいし》の二ヶ所だけ。それもそれほど大変ではない。心と体に余裕を持って出発。

甘樫丘は国営飛鳥歴史公園の一部である。案内板もしっかりしているけれど、遊歩道の地図があると歩きやすい。遊歩道にある二つの展望台からの眺めの違いが面白い。春、川原展望台から見える満開の菜の花は忘れられない。また、橘寺から石舞台に抜ける飛鳥川沿いの道は、ひっそりとしていて心落ち着く。

ゆったりした時間を歩いていると、自転車での飛鳥は欲張りに思えてくる。

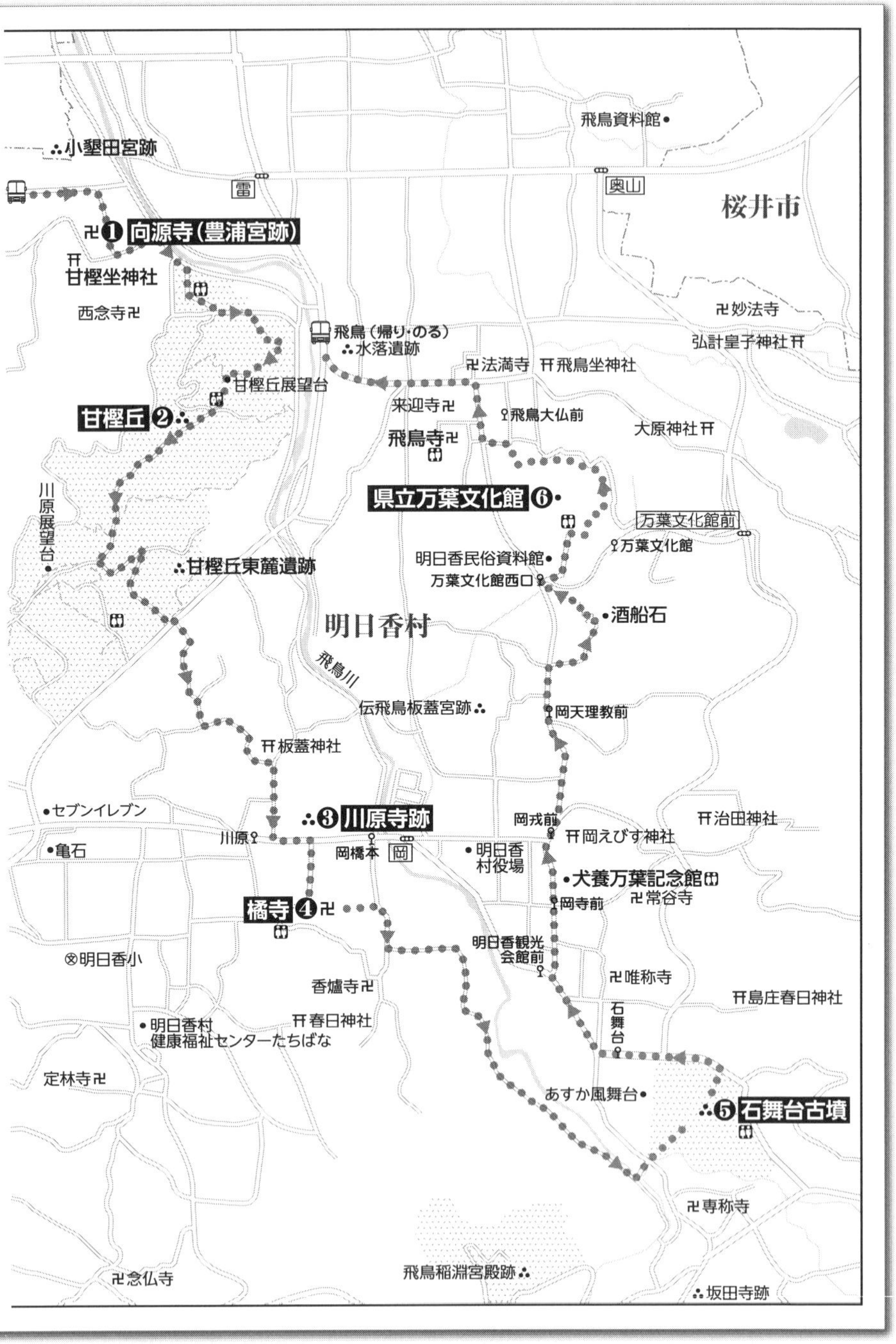

小墾田宮跡
雷
飛鳥資料館
奥山
桜井市
❶向源寺（豊浦宮跡）
甘樫坐神社
西念寺
妙法寺
飛鳥（帰り・のる）
水落遺跡
弘計皇子神社
法満寺
飛鳥坐神社
甘樫丘展望台
来迎寺
飛鳥大仏前
甘樫丘❷
飛鳥寺
大原神社
川原展望台
県立万葉文化館❻
万葉文化館前
明日香民俗資料館
万葉文化館
甘樫丘東麓遺跡
万葉文化館西口
明日香村
酒船石
飛鳥川
伝飛鳥板蓋宮跡
岡天理教前
板蓋神社
セブンイレブン
❸川原寺跡
岡戎前
治田神社
川原
岡橋本
岡
岡えびす神社
亀石
明日香村役場
犬養万葉記念館
岡寺前
常谷寺
橘寺❹
明日香小
明日香観光会館前
唯称寺
香爐寺
島庄春日神社
石舞台
明日香村
健康福祉センターたちばな
春日神社
定林寺
あすか風舞台
❺石舞台古墳
専称寺
念仏寺
飛鳥稲淵宮殿跡
坂田寺跡

飛鳥ルートMAP

大和八木
大阪阿部野橋
橿原神宮駅
橿原神宮前
丈六
畝傍中
白屋八幡神社
大蔵神社
称讃寺
橿原和田
豊浦駐車場（行き・おりる）
セブンイレブン
和田町西
石川池
和田池
孝元天皇陵
本明寺
畝傍南小
見瀬
畝傍東小
春日神社
素盞嗚命神社
169
橿原市
植山古墳
春日神社
丸山古墳
正楽寺
岡寺
近鉄吉野線
五条野町
サークルK
菖蒲池古墳
明日香養護学校
聖徳中
鬼の俎・鬼の雪隠
欽明天皇陵
天武・持統天皇陵
吉備姫王墓
徒歩ルート
岩屋山古墳
祐福寺
飛鳥歴史公園館
N
中尾山古墳
飛鳥
0
300m

❶ 豊浦宮跡《とゆらのみやあと》まで

橿原神宮前駅東口を出たバスは坂を登り、豊浦駐車場に到着する。ここからは大和三山《やまとさんざん》を見渡すことができる。今日は、様々な表情の大和三山を見る一日である。

バス停のすぐ北東に、推古十一年（六〇三）に豊浦宮《とゆらのみや》から遷った小墾田宮《おはりだのみや》跡ともいわれる古宮《ふるみや》遺跡が見える。古くから候補の一つであったが、昭和六二年（一九八七）に、飛鳥川対岸の雷丘《いかずちのおか》東方遺跡から「小治田宮」と墨書された土器（奈良時代のもの）が発掘された。これによって雷丘東方遺跡も有力候補となった。現在、後者が優勢のようであるが、今後の発掘調査の結果を見守りたい。

東に向かって歩き始める。南に入る細い道の曲がり角さえ間違えなければ、五分ほどで向原寺《こうげんじ》である。崇峻《すしゅん》五年（五九二）十一月三日、崇峻天皇は蘇我馬子《そがのうまこ》に暗殺され、その日のうちに埋葬されてしまう（151ページ参照）。そして十二月八日、欽明《きんめい》皇女にして敏達《びだつ》皇后である額田部《ぬかたべ》皇女が、豊浦宮《とゆらのみや》に即位して推古《すいこ》天皇となる。

向原寺（豊浦宮跡）

豊浦宮、豊浦寺の跡に建つ。発掘調査された遺構の一部が公開されており、飛鳥時代の遺構を見ることができる。

所在地：明日香村大字豊浦630

豊浦宮は長い間その場所が不明だったが、平成五年（一九九三）の向原寺発掘の結果、この地が豊浦宮であることがほぼ確定した。向原寺は豊浦宮跡に建立されたと伝わっていたが、事実であった。飛鳥時代はここに始まる。

仏教を受け入れた推古朝は、天皇家と蘇我氏とのせめぎ合いの時代でもある。聖徳太子《しょうとくたいし》を擁して、蘇我氏との均衡はかろうじて保たれていたといってもよい。ただし、『日本書紀』に記される推古朝の全てが歴史的事実であるか否かは論が分かれる。聖徳太子さえ実在しなかったとする説もあれば、そのほとんどを史実と見る説もある。古代史の中でもっとも揺れが激しい時代の一つかもしれない。また、新羅《しらぎ》への派兵を計画したり、小野妹子《おののいもこ》を遣随使として送り※煬帝《ようだい》の怒りを買ったり（『隋書倭国伝』）したのもこの時代である。国内外ともにギリギリの平衡状態だったのだろう。

こうした中、推古二十年（六一二）正月七日の宴席で、蘇我馬子は歌を奏上した。

やすみしし　我が大君の　隠《かく》りします　天《あめ》の八十《やそ》蔭《かげ》　出《い》で立たす　み空を見れば
万代《よろづよ》に　かくしもがも　千代《ちよ》にも　かくしもがも　畏《かしこ》みて　仕《つか》へ奉《まつ》らむ

※煬帝の怒り
推古十五年（六〇七）の遣隋使は、小野妹子を大使として派遣された。『隋書』に記される有名な「日出る処の天子、日没する処の天子に書を致す。恙なきや」（原文は漢文）と記された国書を携えていた。この国書を読んだ隋の皇帝・煬帝は激怒したと伝わる。ただし、この国書のどの部分が礼を失したかについては論が分かれる。

拝《をろが》みて　仕へ奉らむ　歌つきまつる（紀一〇二）

（やすみしし）我が大君がおこもりになられる広大な御殿、そこから出られて大空を見れば万代にこうであって欲しいものです。千代にもこうであってほしいものです。恐《おそ》れ畏《かしこ》みながらお仕えしましょう。あがめお仕えしましょう。この歌を献上いたします。

天皇も和する。

真蘇我《まそが》よ　蘇我の子らは　馬ならば　日向《ひむか》の駒《こま》　太刀《たち》ならば　呉《くれ》の真刀《まさひ》　諾《うべ》しかも　蘇我の子らを　大君の　つかはすらしき（紀一〇三）

素晴らしい蘇我よ、蘇我一族は馬ならば日向の馬であるぞ。太刀ならば呉の国の素晴らしい刀ぞ。なるほどもっともなことだ。蘇我一族を大君がお使いになられるのは。

推古天皇の歌に自分に対する敬語（つかはすらしき）が使われているが、これは古い歌に時折見られる現象である。馬子は推古の御代が万代に安泰であることを願い、永遠の奉仕を誓う。推古は蘇我一族を最高の臣下であると持ち上げる。この二首を読む限り、推古と馬子とは理想的な君臣関係にある。歌を読む限りは。

やがて馬子は、葛城地方が元来蘇我氏の土地だから返せと推古に迫る。その後も蘇我氏の権勢は強大化し、ついに「上《うへ》の宮門《みかど》」、「谷《はさま》の宮門《みかど》」と称する邸宅を建築するに至る。邸宅跡は、甘樫丘東麓遺跡ではないかといわれている。気になるところだが、その前に盟神探湯《くかたち》で有名な甘樫丘に登ろう。

盟神探湯とは、嘘をついていなければ、熱湯に手を入れても火傷をしないという、とんでもない占いである。現在、向原寺のすぐそばにある甘樫坐神社では、毎年四月に盟神探湯神事が行われている。もしも、この神事にどうしても参加しなければならなくなったら、どうせ火傷をするのだから、神事が始まるまでにたくさん嘘をついておこうと思っている。

甘樫坐神社

『日本書紀』によると、允恭四年、政治の乱れから古代の裁判「盟神探湯」が行われたとある。甘樫坐神社では現在４月第１日曜日に神事として行われる。

所在地：明日香村大字豊浦字寺内 626

❷ 甘樫丘《あまかしのおか》まで

坂を登り、そろそろ疲れたなと思う頃、甘樫丘展望台に到着する。

甘樫丘は、『万葉集』には歌われていない。というよりも、奈良時代の文献にも次の五例しか登場しない。

① 垂仁《すいにん》天皇が占いをさせたこと（『日本書紀』垂仁天皇条）。

② 盟神探湯が行われたこと（『古事記』允恭《いんぎょう》天皇条）。

③ 盟神探湯が行われたこと（『日本書紀』允恭四年九月二八日条。②とほぼ同じ）。

④ 蘇我氏が宮に匹敵するほどの邸宅を建てたこと（『日本書紀』皇極三年十一月条）。

⑤ 東の川のほとりに※須弥山石《しゅみせんせき》を作って陸奥（現在の東北地方）と越（現在の北陸地方）の人々を饗応したこと（『日本書紀』斉明五年三月十七日条）

さて、ここから見る景色は余りに有名である。この景が有名であるため、天の香具山は損をしている。慣れていないと、どこが天の香具山かわからない。それに対して、バックに二上山がひかえるたおやかな畝傍山、お椀を伏せたような円

「あすか」の表記
28ページの磐姫同様、固有名詞の記し方は難しい。アスカについては、現村名である明日香村は「明日香」とし、他は「飛鳥」で統一したが、「明日香」とした箇所もある。

※須弥山
須弥山とは、世界の中心となる最も高い山のことをいう仏教用語である。『日本書紀』には、推古二十年（六一二）、斉明三年（六五七）、斉明五年（六五九―一本条）、斉明六年（六六〇）の四ヶ所に須弥山を作成した記事が残る。有名な須弥山石（イラスト）はこの四回のうちのいずれかの折りのものと推測される。

錐形の耳成山は美しい。ここからの眺望は、飛鳥川と大和三山のためにあると思うことにしよう。

その飛鳥川は、東歌《あづまうた》にも二首並んで詠まれている。東国にあった別の飛鳥川だとする説もあるが、都を代表する川として有名だったからだろう。

飛鳥川　下濁《したにご》れるを　知らずして　背《せ》ななと二人　さ寝て悔しも

（14・三五四四）

飛鳥川　塞《せ》くと知りせば　あまた夜も　率《ゐ》寝《ね》て来《こ》ましを　塞くと知りせば

（14・三五四五）

飛鳥川の川底が濁っているなんて知らずに共寝をしてしまい、今となっては悔しいったらありゃしない。

飛鳥川が堰き止められてしまうと知っていたら、もっともっと誘って共寝しておいたのに。堰き止められてしまうって知っていたら。

甘樫丘展望台から眺める飛鳥川と耳成山。

甘樫丘から眺める畝傍山と二上山。

二首ともよい子向けの歌ではない。やまとことばの「下《した》」には「心」の意味がある。一首め、男の「下」が濁っているなどと知らずに共寝をしてしまったことを悔やむ。知らなかったというより、知りたくなかったのかもしれない。二首め、あたかも一首めと呼応するかのようである。川が堰き止められるというのは、勿論、二人の仲がうまく行かなくなることである。それなら、もっと共寝をしておけばよかった。でも、女性の皆さん、世の中の男性、こんな奴ばかりではありません。

飛鳥川から目を離して、後ろを見る。東は、明日香の中心地を見渡せる。飛鳥寺を見つけたら右に目を転じよう。真神の原である。

大口の　真神の原に　降る雪は　いたくな降りそ　家もあらなくに

（8・一六三六　舎人《とねりの》娘子《をとめ》）

（大口の）真神の原に降っている雪はそんなに激しく降るな。家もないのだから。

作者・舎人娘子のことはほとんど分かっていない。ただ、当時の有名歌人であったらしい。都が明日香を離れた後、旧都となってしまったこの地を訪れた際の歌

甘樫丘展望台から東を見れば、飛鳥寺が見える。真神の原はその右手。

である。「大口」は狼のこと。人里にあらわれる獣の中では生態系のトップに位置する。襲われたらひとたまりもない。恐ろしい神のような動物ゆえ、「真神の原」の枕詞となる。かつて存在していた家はもう影も形もないのに雪は降りしきる。そんなに降らなくてもよいのに。嘆きは深い。

ここから南に向かって歩く。春には西側の眼下に菜の花畑が広がる。十分ほどで川原展望台である。ここからは甘樫丘展望台とは少し角度の違う三山が見える。ただし、香具山は頂上部分がわずかに見えるだけである。景色を十分に楽しんだら、坂を下ろう。

下りきったところが、甘樫丘東麓遺跡である。現在も調査が続く。蘇我氏の邸宅跡かどうか、今後の調査が楽しみである。ここから道路を渡り、狭い道を抜けて行くと川原寺に出る。

川原展望台からの眺め。手前が畝傍山、奥にふたこぶの二上山が見える。

❸ 川原寺跡《かわらでらあと》まで

川原寺は、飛鳥寺《あすかでら》（平城京の元興寺《がんごうじ》）、薬師寺《やくしじ》（平城京でも薬師寺。飛鳥時代の薬師寺は現在の本《もと》薬師寺）、大官大寺《だいかんだいじ》（平城京の大安寺）とともに飛鳥の四大寺であった。現在でも礎石の雰囲気からその巨大な伽藍《がらん》を偲ぶことができる。また、川原寺の下層からは、斉明元年（六五五）に飛鳥板蓋宮《あすかいたぶきのみや》が火災に遭った時に、一時的に斉明の宮であった川原宮跡が発見されている。『日本書紀』には、白雉四年（六五三）、既に川原寺が存在した記述があるが、年がうちあわない。現在では、川原寺は天智天皇が母・斉明の冥福を祈って創建したと考えられている。

川原寺は他の三寺が平城京に移転したにも関わらず、この地に留まった。理由はわかっていない。ただ、移転してしまっていたら、次の歌は残らなかったかもしれない。

川原寺跡

飛鳥四大寺の一つであった川原寺は中世以降衰退。現在は金堂跡に弘福寺（ぐふくじ）が建つ。

所在地：明日香村川原 1109

世間の無常を厭ふ歌二首

生死《いきしに》の　二つの海を　厭《いと》はしみ　潮干《しほひ》の山を　偲ひつるかも（16・三八四九）

世間の　繁き仮廬《かりほ》に　住み住みて　至らむ国の　たづき知らずも（16・三八五〇）

右の歌二首、河原寺の仏堂の裏に倭琴《やまとごと》の面に在り。

世間の無常を厭う歌二首

生き死にの二つの海の厭わしさに塩干に現れるという彼岸浄土の山を偲ぶことだ。

煩わしいことだらけの世間という仮の盧に住み続けて、行きつくはずの浄土の様子もわからない。

右の二首は、川原寺の本堂の裏にあった倭琴の面に書かれていた。

川原寺の僧侶が書き付けたのだろう。世間を厭い、彼岸に憧れ、しかし、浄土の様子はまったくわからない。どうすればよいのだ。気持ちはよくわかるが、僧侶君、それを歌にして琴に書くというのは、もしかすると、お酒でも入っていたのかな。

当時、琴は女性が弾じるものではなく、男性官人の教養の一つであった。君子や貴族の教養を「左琴右書」という。小治田安万侶《おはりだのやすまろ》という人のお墓からは、「左琴」、「右書」と二文字ずつ記した銅板が出土している。大宮人の教養である。さらにいえば、飲酒も教養の一つであった。素晴らしい時代である。

二首めは川原寺の南の道路を挟んで向かい側に歌碑として残っている。道路を渡り橘寺に向かう。

❹ 橘寺《たちばなでら》まで

川原寺からだと、橘寺は西門からの方が入りやすい。門のそばに人麻呂が妻を失った時の挽歌（泣血哀慟歌《きゅうけつあいどうか》）が記された歌碑がある。北東を望むと、巻向《まきむく》連山が見える。人麻呂の妻の墓所といわれる。泣血哀慟歌は万葉挽歌屈指の名作だが、残念ながら長歌作品でもあり、この歌について書き始めると、もう一冊必要になる。

橘寺は聖徳太子の出生の地として知られている。もちろん、伝承の域を出るものではないが、天平十九年（七四七）に成立した『法隆寺《ほうりゅうじ》伽藍《がらん》縁起《えんぎ》并《ならびに》流記《るき》資財《しざい》

柿本人麻呂の泣血哀慟歌の歌碑。長歌二首、短歌二首からなるうちの、長歌（2・二一〇）が刻まれている。

帳《ちょう》』という法隆寺の創建などについて記された長い名前の書物には、聖徳太子建立の七寺※の一つに数えられる尼寺として記されている。創建は発掘された瓦から天智天皇代と見られている。飛鳥時代有数の尼寺であったことは間違いない。そして、尼寺ならではの事件が起きてしまった。いや、起きたというお話があった。事実かどうかは判然としない。

古歌に曰はく

橘《たちばな》の　寺の長屋に　我が率《ゐ》寝《ね》し　うなゐ放《はな》りは　髪上げつらむか（16・三八二二）

古い歌にこうある

橘寺の僧坊に私が連れ込んで共寝をしたあの童女は髪を結い上げただろうか。

「うなゐ放り」の「うなゐ」は「うね（うなじ付近）」＋「居《ゐ》」で肩のあたりまで伸ばした髪のこと、「うなゐ放り」で童女を指すと考えられている。当時は、十四～五歳くらいまでこの髪型で過ごし、婚期を迎えると髪を結い上げたと考えられている。

※法隆学問寺（法隆寺）、四天王寺、中宮尼寺（中宮寺）、橘尼寺（橘寺）、蜂岳寺（広隆寺）、池後尼寺（法起寺）、葛城尼寺（和田廃寺か）の七寺。

橘寺

聖徳太子生誕の地であり、太子が建立した七寺の一と伝わる。境内には善悪二つの顔がある二面石も。

所 在 地：明日香村橘 532
拝観時間：9:00 ～ 17:00（受付～ 16:30）
拝 観 料：350 円

この歌、実際には宴席などで詠まれた艶のある歌だったように思う。勿論、実際の出来事を詠んだ可能性も否定はできない。ただ、題詞に「古歌に曰はく」とあるように、作者も分からず、皆のよく知っている歌だった可能性が高い。いずれにしても、かなりスキャンダラスな内容である。

ところが、世の中には真面目なお方もおわします。お名前を椎野《しいのの》連《むらじ》長年《ながとし》さんとおっしゃる。長年さん、こんなことばを発せられた。

「そもそも！　お寺様のお宅というものはである。俗人が入って寝るところではないのである。それに、妙齢の女性のことを『うなゐ放り』と呼ぶのである。第四句で『うなゐ放り』といっているのである。にもかかわらずである。それをまた結句で髪を結い上げるなどというのは、非論理的なのである。」

長年さん、まだ続ける。

「だから、この歌は間違っているのである。本当は次のような歌だったのである。この私が決めるのである。」

橘の　照れる長屋に　我が率寝し　うなゐ放りに　髪上げつらむか

橘の実が赤く色づいている長屋に私がお連れして共寝をした娘さんは「うなゐ放り」の髪型に髪を結い上げただろうか。

（16・三八二二）

お寺じゃなければよいのかというという問題もありそうだけれども、そもそも「古歌」に歌われている「うなゐ放り」を「髪上げ」するのは普通のことである。おそらく長年さん、女性の髪型の名称に詳しくなかったのだろう。おかっぱだ、おさげだ、アップだ、ボブだ、さっぱりわからないのである。そういうおじさんなのである。今この文章を読んでいるあなた、特定の方のお顔が浮かんでいませんか。おっと脱線が過ぎたようなのである。

東門の坂を降りたら、右折。飛鳥川を左手に見ながら歩を進める。

❺ 石《いし》舞《ぶ》台《たい》まで

飛鳥川の左岸を川原寺から石舞台へと歩く。飛鳥川の音も聞こえてくるほど静かである。この付近は、日並皇子《ひなみしのみこ》（草壁皇子《くさかべのみこ》ともいう）の生前の居所・「島の宮」の一部であった。

やまとことばの「しま」には「島（island）」と「庭園（garden）」の意味がある。「島の宮」は立派な庭園を備えた宮の意である。ややこしいが、「島の宮」には池があり島が浮かんでいた。この点からも「島の宮」という名称はこの空間の性質をよく表している。飛鳥川の両岸に広がっていた宮を想像しながら歩くのは楽しい。

「島の宮」は、蘇我馬子の「飛鳥河《あすかがは》の傍《ほとり》の家《いへ》」に発するといわれる。馬子はここに中の島を備えた池のある庭園を築造した。ために馬子は「島《しま》の大臣《おほおみ》」と呼ばれていた。やがて、皇極四年（六四五）、乙巳《いっし》の変（大化《たいか》の改新）によって蘇我氏本宗家は滅亡し、この大庭園は天皇家に接収される。そして、天武と持統の間に生まれた日並皇子の宮となる。日並皇子は次期天皇と期待されていたが、持統三年

飛鳥川の流れを聞きながら、往時の宮を思い浮かべる。

（六八九）に薨去。皇太子の死が母・持統に与えた打撃は計り知れないものがあったろう。宮廷歌人・柿本人麻呂は長大な挽歌で日並を追慕する。次はその長歌の末尾部分である。

～朝言《あさこと》に　御言問《みことと》はさず　日月《ひつき》の　まねくなりぬる　そこ故に　皇子の宮人
行くへ知らずも（2・一六七）

～毎朝のお言葉もなく、月日も随分と長くなってしまったので、皇子の舎人たちは途方に暮れている。

歌い手の感情を排し、舎人たちの行く末を思う結句が悲しい。ここに登場する「舎人」とは、親衛隊的性格を色濃く持った臣下のことである。舎人と主君との結びつきは強く、公務員的な他の大宮人とは全く違う存在であったと考えられている。しかし、それでも律令制度に組み入れられた舎人たちは、主君が亡くなると、一年後に解散させられる定めとなっていた。

日並皇子を失った舎人たちの挽歌が※二十三首残る。全てを紹介する紙幅はない。

※日並皇子を悼む舎人たちの挽歌二十三首が並ぶ舎人たちによる日並皇子挽歌は、第一首（2・一七一）で生前の宮である「島の宮」を嘆くことから始まるが、徐々に墓所「佐田の岡」へと歌の中心が移って行く。最後の一首（2・一九三）は「佐田の岡」への道を宮への道として歌う。忘れてはならないものでも、忘れなければならない、悲しみのグラデーションである。

橘の　島の宮には　飽《あ》かねかも　佐田の岡辺に　侍宿《とのゐ》しに行く（2・一七九）

み立たしの　島をも家と　住む鳥も　荒びな行きそ　年かはるまで（2・一八〇）

橘の島の宮に飽きてしまったわけでないのに佐田の岡辺に宿直しに行くことだ。

皇子様《みこさま》がよくお立ちになられていた島をも家として住んでいる鳥も、心離れてしまわないでおくれ。せめて年が改まるまでは。

一首めの「佐田の岡辺」は、現在の奈良県高取町佐田の地。日並皇子の殯宮が営まれた地であり、また、陵墓の地でもある。「島の宮」に飽いたわけでもないのに、遠く「佐田の岡辺」まで行かねばならないことを嘆く。二首め、ポイントは第三句の「鳥も」にある。年が改まるまでは、つまり、我々が解散させられるまでは、鳥も心離れてくれるなと歌う。主君を失い、徐々に露出しはじめる舎人間の気持ちのすれ違いは如何ともしがたいであろう。心が離れてしまうことは自然の理である。しかし、せめて年が変わるまでは、感情を共有していたい。期限を切るという、冷たい現実を見つめる表現であるからこそ悲しい。

間もなく左手に橋が見えて来る。橋を渡ると石舞台はすぐそこである。石舞台は、間違いなく明日香を代表する遺構である。巨大な石を積み上げた立派な後期古墳であり、蘇我馬子の墓といわれて久しい。近年、石舞台よりも少し上の方にある都塚《みやこづか》古墳が、これまでに出土例のないピラミッド型の方墳であることが判明し、馬子の父・稲目《いなめ》の墓ではないかとの声もある。この付近は蘇我氏の墓地だったと見ることもできる。二上山を遠くに望む石舞台の景色はいつも優しい。

ここから万葉文化館へと向かう。

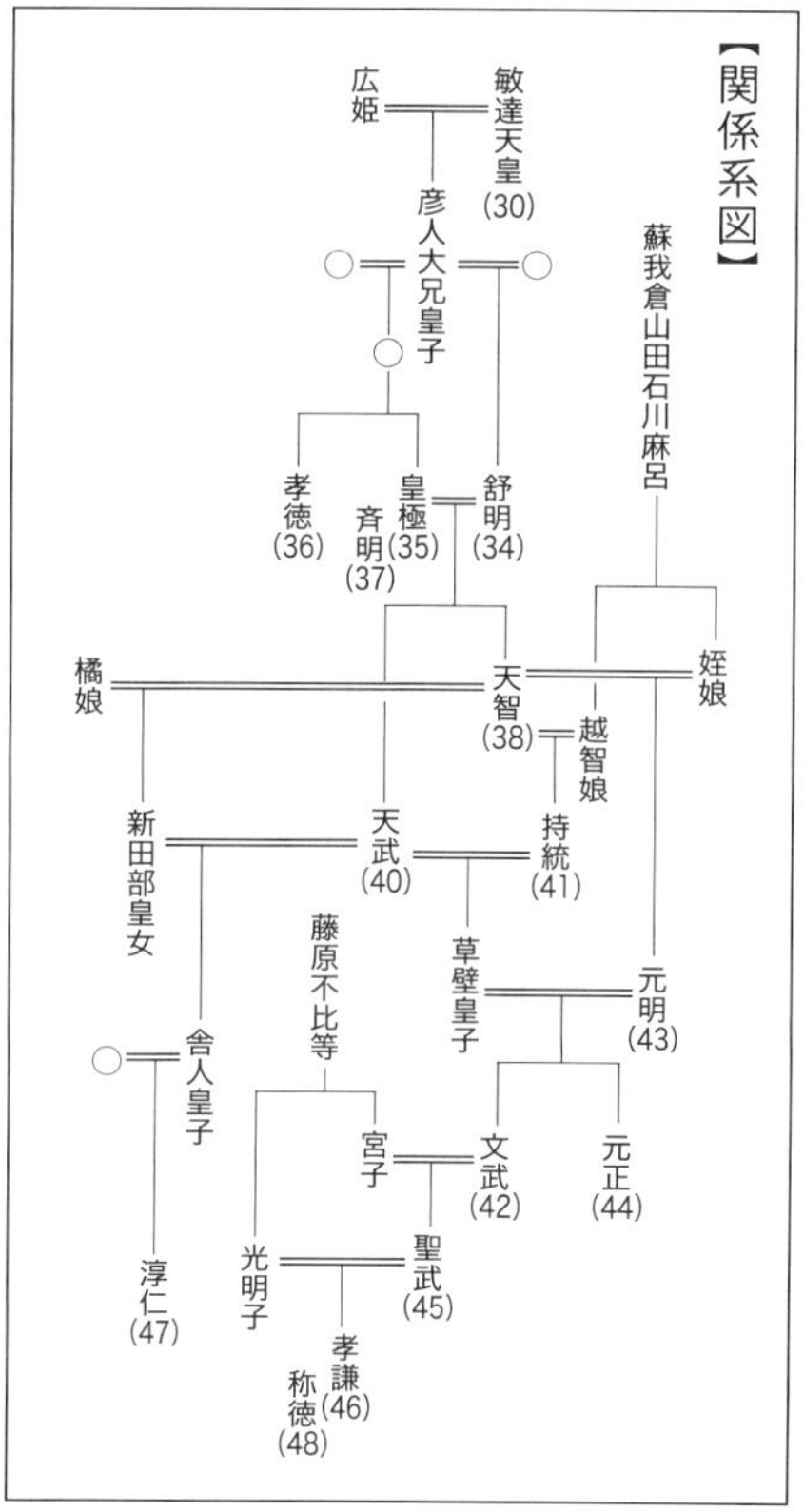

括弧内は天皇代。皇極は斉明として、孝謙は称徳として、重祚（再即位）している。

石舞台

日本最大級の横穴式石室が露出している。30数個の岩の総重量は約2300トンで、一番大きな天井石は約77トンもある。

所在地：明日香村島庄
入場時間：8:30～17:00（受付～16:45）
入場料：250円

❻ 県立万葉文化館まで

石舞台の前の坂を下り、道なりに歩いて行くと、犬養《いぬかい》万葉記念館が見えて来る。万葉故地巡りの礎を築いた犬養孝《いぬかいたかし》の功績は大きい。ここに立ち寄った後、そのまま直進すると、右手に酒船石《さかふねいし》への登り坂。酒船石のある岡は版築（土を盛っては突き固める、その繰り返しで土壇を作る手法）によって作られたことが判明しており、酒船石から北側に少し降りると斉明時代の石垣が保存されている。

岩代の　浜松が枝を　引き結び　ま幸くあらば　またかへり見む（2・一四一）

岩代の浜松の枝を引き結んで、もしも無事であったなら、また帰って来て見よう

中大兄《なかつおおえ》に粛清された有間皇子《ありまのみこ》の歌と伝わる。自らの命を見つめたこの歌は和歌山県みなべ町の岩代で歌ったものとして有名である。彼は和歌山県で処刑される

が、謀反の計画を練っていたとき、斉明天皇の失政として以下の三点を挙げる。

①大きな倉庫を建てて民の財を集めている。

②長大な運河を作って公の食糧を浪費している。

③船に石を積んで運び、それを積み上げて丘にしている。

①の倉庫については不明だが、②の運河と③の石垣については、斉明元年(六五五)の記事にも、

水工《みづたくみ》をして渠《みぞ》を穿《ほ》らしめ、香山《かぐやま》の西より石上山《いそのかみのやま》に至《いた》る。舟二百隻《せき》を以《も》ちて石上山の石を載《つ》みて、流《みづ》の順《まにま》に宮の東の山に控《ひ》引き、石を累《かさ》ねて垣《かき》とす。

(斉明元年是歳条)

水路の大工に溝を掘らせて、香具山の西から石上山まで通した。二百隻の船で石上山の石を積んで、水路の通じて宮の東の山に引いて運び、石を積み重ねて垣根とした。

とある。こうした工事はあまりにも大規模であり、『日本書紀』の潤色と考えられ

ていたが、先ほどの石垣の石は天理市の石上神宮付近の石と同質と考えられており、飛鳥東垣内《ひがしがいと》遺跡からは運河の跡が発見された。石上神宮から酒船石までは直線距離でも約十四キロ。既存の川を利用し、部分的に運河が掘られたと考えるべきだろうか。

　どうということのない石垣である。しかし、有間皇子が難じた実物である。必見である。この坂を降りると亀形石造物。これも斉明の時代のものと考えられている。石の女王・斉明である。

　亀形石造物の上方に見える駐車場は万葉文化館への入口。亀形石造物との位置関係がしっくりこないのは仕方ない。この駐車場への道路を作る時に偶然見つかったのである。駐車場の奥にある万葉文化館は、時間の許す限り滞在して欲しい。展示もさながら、充実した図書室は、大学の研究室並みである。一度ここでゼミを開いてみたい。

　万葉文化館の玄関を出たら、来た方向には戻らず、万葉庭園を下り、小さな北口から出ると飛鳥寺まで数分。飛鳥寺は飛鳥大仏で有名だが、この地は古代最大の戦乱・壬申《じんしん》の乱の時は武器庫でもあった。ここを押さえられるかどうかが、勝

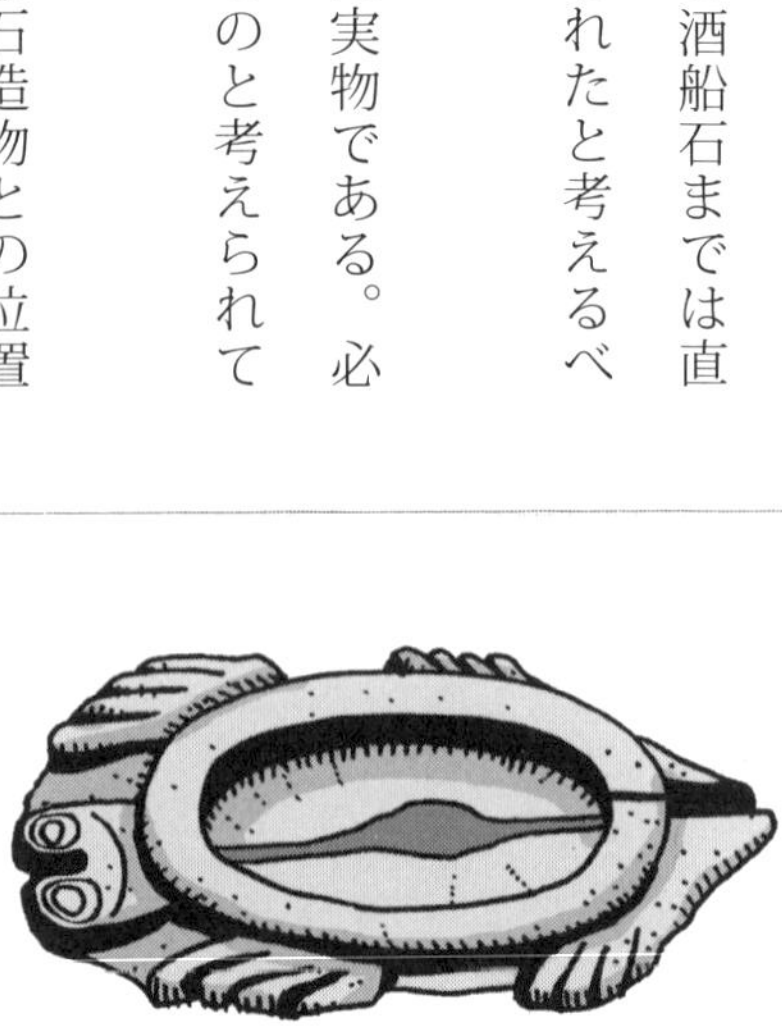

「亀形石造物」は、長さ2.3m、幅約2mの亀の形をしている（観覧料300円）。これを含む丘陵一帯に広がる遺跡が「酒船石遺跡」。

敗の鍵を握っていた。飛鳥寺からは、飛鳥坐《あすかにいます》神社や飛鳥東垣内遺跡、石神《いしがみ》遺跡も近い。このあたりを回り、飛鳥のバス停から橿原神宮前駅に戻るのが上策である。飛鳥のバス停のすぐ北側には、

今日もかも　明日香の川の　夕去《ゆふさ》らず　かはづ鳴く瀬の　さやけくあるらむ

（3・三五六）

今日もまた明日香川の夕方は、カジカガエルの鳴く瀬がすがすがしいことだろう。

の歌碑がある。作者は上古麻呂《かみのこまろ》（伝未詳）。平城京に都が遷ってからここ飛鳥を想像し懐かしむ歌である。日が暮れる前に橿原神宮前に戻ろう。

そうそう、飛鳥のバス停の位置は少しややこしい。事前確認お忘れなく。

Route. 8

飛鳥《あすか》（自転車）

自転車での欲張りコース
でも眼差しはおだやかに

Route.8

飛鳥（自転車）

コースのポイント

広範囲でも余裕あり。時折おさんぽも楽しんで

Start 近鉄橿原神宮駅
…自転車10分…
❶ 本薬師寺跡《もとやくしじあと》
…自転車10分…
❷ 藤原宮跡《ふじわらきゅうせき》
…自転車20分…
❸ 山田寺跡《やまだでらあと》
…自転車10分…
❹ 飛鳥正宮《あすかせいきゅう》
…自転車10分…
❺ 天武《てんむ》・持統陵《じとうりょう》
…自転車10分…
❻ 飛鳥駅 Goal

距離 約13km

このコースの楽しみ

持統八年（六九四）十二月六日、持統《じとう》天皇は、飛鳥正宮《あすかせいきゅう》を捨て、藤原宮への遷都を敢行した。直線距離にしてわずか3・4キロメートルであるが、飛鳥への帰還は考えられていなかった。

今日は、藤原宮から飛鳥へと時間を遡る自転車の旅である。徒歩に比べて行ける範囲は広くなるが、その分、景色への眼差しがどうしても希薄になってしまう。藤原宮付近から見える大和三山を記憶に留め、その三山の姿の変化を楽しんで欲しい。また、香具山から下山した後、磐余《いわれ》の道から南に見える景色こそ、「飛ぶ鳥の明日香」だと思う。しばし自転車を停めることをお勧めする。

そして、亀石付近からの下り道は、受ける風が心地よい。くれぐれもスピードの出し過ぎにご注意を。

飛鳥（自転車）ルートMAP

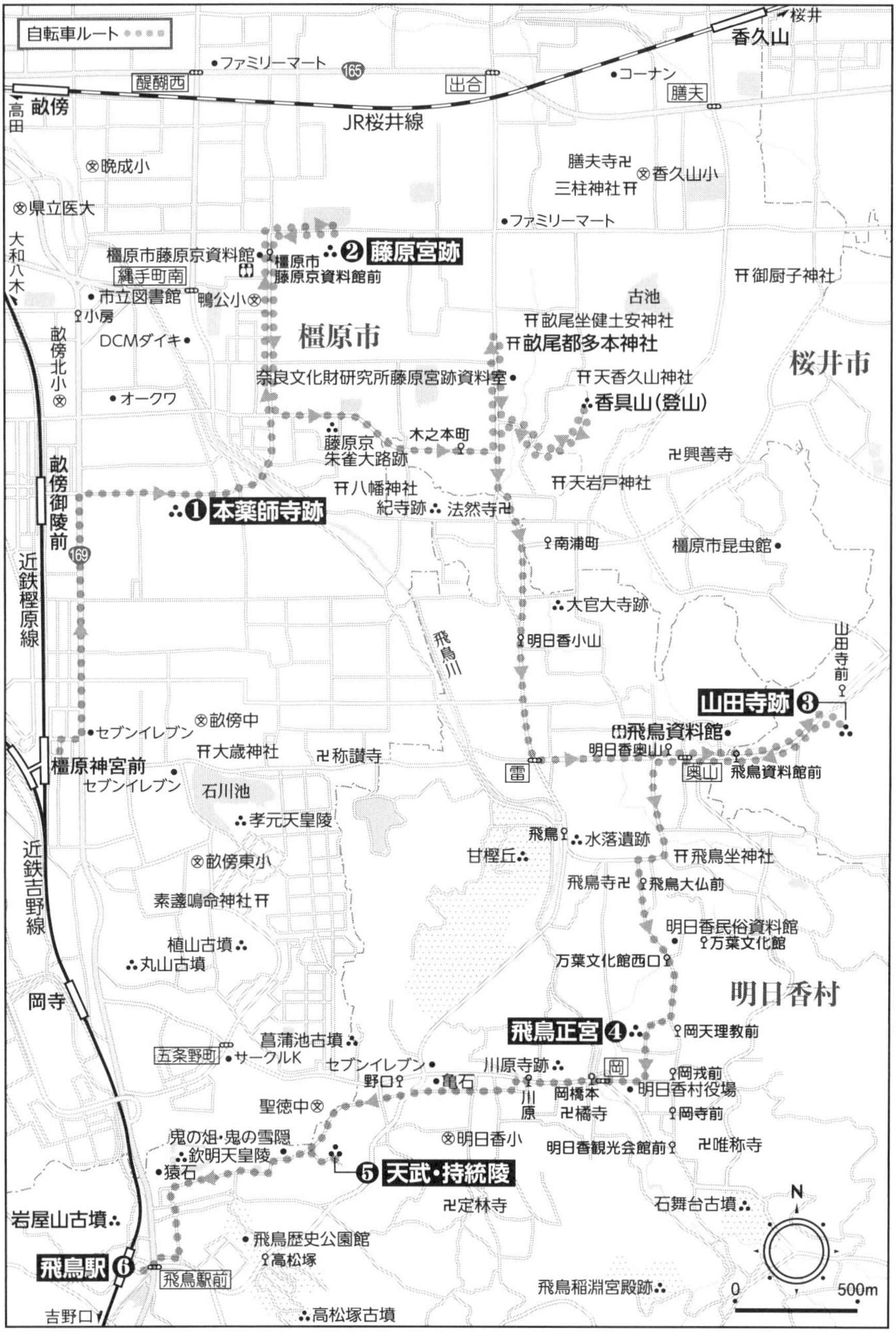

❶ 本薬師寺跡《もとやくしじあと》まで

橿原神宮前駅で下車する。飛鳥駅で乗り捨てられるレンタサイクルを借り、中街道（国道169号線）を北上する。この道は「下ツ道《しもつみち》」と呼ばれる奈良時代の幹線道路の一つだが、往時の面影はない。

右に曲がる道を間違えないように目を配る。信号を渡り東へと向かう。大伴旅人《おおとものたびと》の歌碑が見えて来る。

忘れ草　我が紐に付く　香具山の　古りにし里を　忘れむがため

（3・三三四　大伴旅人）

忘れ草が私の紐に付く。香具山のそばにある昔の都を忘れようとするために。

「忘る」という動詞は残酷である。自分にはコントロール不可能であるにも関わらず、「忘れ物をしない」が今週の目標となってしまう。忘れてはいけないのに忘

本薬師寺

奈良市西の京にある薬師寺の前身となる寺の跡。現在は小堂と、金堂礎石や塔の心礎が残る。残暑に咲くホテイアオイが美しい。

所在地：橿原市城殿町

れてしまう、忘れたいのに忘れられない。自己制御が不可能な時、人は外部に制御の根拠を求める。「忘れ草」は、それを身に付ければ、恋心を忘れられる草。しかし、そんなものはない。「忘れ草」は現在の甘草《かんぞう》であるが、効力があるとは思えない。

大伴旅人が、いつ頃「忘れ草～」と歌ったかはわからない。しかし、和銅三年（七一〇）の平城遷都以降であることは間違いない。当時の遷都は、引っ越しというより都全体の移築に近い。後には何も残らない。藤原宮との永訣《えいけつ》である。多くの官人たちは住み慣れた家を離れた。大伴旅人もその一人である。転居の経験のある方はこの感覚を理解してくれるであろう。久しぶりに訪れる空間には懐かしさと悲しさが同居する。何もなくなった空間に香具山が見える。「忘れ草」が欲しい。

この歌碑のすぐ南が本薬師寺跡である。この寺院は、天武天皇が皇后・鸕野讃良皇女《うののさららのひめみこ》（後の持統天皇）の病気平癒を願って建立《こんりゅう》したものである。そして、この寺院もまた、平城京に移転される。現在の薬師寺に相当するが、西ノ京の薬師寺が移築なのか新築なのかは今も論が割れる。※旅人が目にしたのは、荘厳な本薬師寺だったのか、現在我々が目にする礎石だけの本薬師寺なのか。知る術《すべ》はない。

※校正中に薬師寺の塔が遷都後の新築であるというニュースが飛び込んで来た。それでもなお、伽藍全体が移築か否か、議論は続くだろう。

本薬師寺を離れ、大和三山の一つ、香具山《かぐやま》を正面に見ながら、さらに東へ進む。

香具山といえば、

春過ぎて　夏来るらし　白たへの　衣干したり　天《あめ》の香具山

（1・二八　持統天皇）

春が過ぎて夏が来たらしい。真っ白な衣が干してある。天の香具山よ。

が余りにも有名である。少し歌の形が変化して『百人一首』に採られたからだろう。ただ『万葉集』に歌われた香具山は十三例。違う歌も読んでみたい。

古《いにし》への　事《こと》は知らぬを　我見ても　久しくなりぬ　天の香具山（7・一〇九六）

いにしえのことは知らないけれども、私が見てからでもすっかり久しくなった天の香具山よ。

香具山は「天の」と冠するように、古代人が考えた天空世界・高天原《たかあまのはら》にも存在

なだらかな線を描く香具山。152ｍ余の低山なので、ハイキング感覚での登山も楽しめる。

する特別な山である。天から降ってきた香具山が二つに分かれて、一つは伊予の国（現在の愛媛県）にあるとか、香具山を中心に大和三山が妻争いを繰り広げたとか（109ページ参照）、当時から様々な伝承を身に纏《まと》っていた。そんな昔のことは分からないけれども、自分が見始めてからも随分と久しくなったと歌う。香具山は独立峰ではないため、その山容はあまり褒められたものではない。しかし、ここから見る香具山は美しい。旅人も見たであろう香具山を見ながら、藤原宮へと向かう。飛鳥川を渡るといよいよ宮域に入る。

❷ 藤《ふじ》原《わら》宮《きゅう》跡《せき》まで

持統八年（六九四）十二月六日、飛鳥正宮（浄御原宮）から藤原宮への遷都が敢行された。以後、和銅三年（七一〇）三月の平城遷都までの十七年間、ここは日本の首都であった。以前は地図のＡＢＣＤに囲まれた部分が藤原京と考えられていたが、その外側からも道路跡が検出され、京域はさらに広いことが判明した。そして、平成八年（一九九六）、Ｅの地点から「ト」形の道路遺構が発見され（土

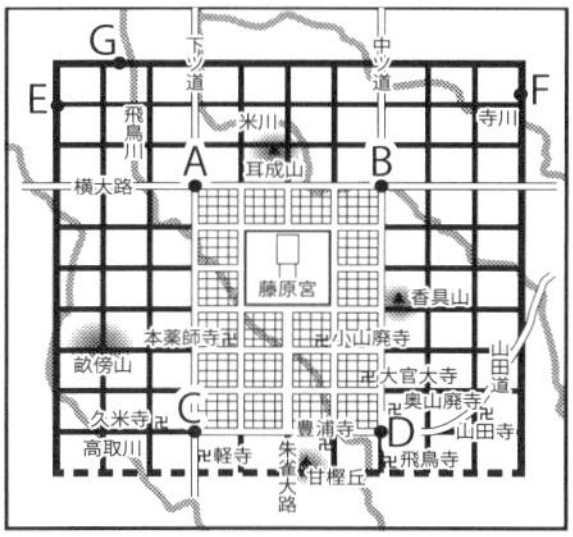

◀藤原京と藤原宮

大和三山を内包した藤原京は、日本史上初めて条坊制を用いた都だった。

橋遺跡)、ここに西の京終《きょうばて》が確定する。

大極殿は一般的に都の東西の中心に営まれる。ならば、大極殿跡を中心線として折り返せば、東の京終もわかるはず。Fからは「┤」形の道路遺構が見つかった(上之庄遺跡)。これで東西京極が判明する。その後、平成十六年(二〇〇四)にG地点から「—」形の道路遺構が出た。この道路遺構の北側には建物らしい建物がなく、現在、ここが北限と考えられている。ただし、東西京極と違い、大極殿は南北の中心にあるとは限らない。南限は簡単には決められない。現在、磐余道(山田道)よりも南だろうという程度は判明しているが、決定的な遺構は見つかっていない。しかし、こうした発掘成果から藤原京は平城京に勝るとも劣らない面積を有していたことが判明した。

飛鳥正宮からの遷都時に、この藤原京の隅々まで完成していたとはとても思えない。それでも、藤原宮は人々に輝かしい姿を見せたことだろう。

藤原宮の御井の歌

やすみしし　わご大君　高照らす　日の皇子　荒たへの　藤井《ふぢゐ》が原に　大御門《おほみかど》

藤原宮跡

見渡せば北に耳成山、東に香具山、西に畝傍山。広々としているからこその景観に古えがしのばれる。菜の花、ハスなど四季ごとに花が楽しめ、特に秋のコスモスは一見の価値あり。

所在地：橿原市高殿町他

藤原宮跡の朝堂院南門からの風景。

始めたまひて　埴安《はにやす》の　堤《つつみ》の上に　あり立たし　見《め》したまへば　大和《やまと》の　青香《あをか》具山《ぐやま》は　日《ひ》の経《たて》の　大き御門に　春山と　しみさび立てり　畝傍の　この瑞山《みづやま》は　日《ひ》の緯《よこ》の　大き御門に　瑞山《みづやま》と　山さびいます　耳梨の　青菅山《あをすがやま》は　背面《そとも》の　大き御門に　宜《よろ》しなへ　神《かむ》さび立てり　名ぐはしき　吉野の山は　影面《かげとも》の　大き御門ゆ　雲居《くもゐ》にそ　遠くありける　高知《たかし》るや　天《あめ》の御蔭《みかげ》　天知るや　日の御陰の水こそば　常にあらめ　御井《みゐ》の清水《きよみづ》（1・五二）

反歌

藤原の　大宮仕へ　生《あ》れつくや　娘子《をとめ》がともは　ともしきろかも（1・五三）

藤原宮の御井戸の歌

（やすみしし）我が大君、（高照らす）太陽の皇子様は（荒たへの）藤井が原に大きな宮殿をお始めになられて、埴安の池の堤にお立ちになり、あたりをご覧になられると、大和の青香具山は太陽の縦に位置する東の御門に春の山として繁り立っている。畝傍の瑞山は太陽の横に位置する西の御門に瑞々しい山として山らしく存在していらっしゃる。耳成の青々しい菅山は宮の背中の北の御門としてすばらしく神らしく立っていらっしゃる。名前も素晴らしい吉野の山は宮の正面の南門として雲の彼方に遠くある。高く聳える御殿、天まで届く御殿。水がいつも湧き出ている天皇の井戸の清き水よ。

反歌

藤原の大宮に仕えるために生まれついたのだろうか、娘子たちはなんと素晴らしいことか

天皇が「埴安の池」（香具山西麓）の堤から藤原宮を見渡すと、香具山が東門、畝傍山が西門、耳成山が北門に位置すると歌う。藤原宮跡に立つとこの感覚は非常によくわかる。吉野山を南門というのはいささか遠すぎるものの、古くから「天子南面す」（人君は南面して政治を行うものである）といわれる思想の具現である。大和三山に囲まれたこの地には新宮がそびえたち、湧出する浄水の永続への願いで長歌は閉じられる。反歌ではその藤原宮に奉仕する娘子たちへの羨望が歌われる。この娘子たち、井戸を管掌する者とすれば、采女であろう。采女は、『日本書紀』に地方豪族の姉妹や娘の中から「形容《かほ》端正《きらぎら》しき者」を貢上せよと記される女性たちである。今では完全にセクハラの文言であるが、彼女たちが男性官人たちの注

目の的であったことは想像に難くない。井戸のまわりに集う采女たちの姿はきらびやかな新宮の象徴であった。

❸ 山田寺《やまだでら》まで

藤原宮大極殿《だいごくでん》跡の真南に、山の片側の斜面が崖のように見えるところがある。朱雀大路《すざくおおじ》を通すために削平された跡といわれる。この空間がよくわかる朱雀大路跡に立ち寄りたい。やや遠回りになるが、自転車ならばどうということもない。ここから東に向かって道なりに進み、三叉路を北上すると奈良文化財研究所藤原宮跡資料室である。ここは内部の展示もさながら、当時の道路幅がよくわかる外部展示も見逃せない。自転車を停めたら、資料室の北にある畝尾都多本《うねおつたもと》神社に向かう。ここが「泣沢神社《なきさはのもり》」だといわれている。

泣沢《なきさは》の　神社《もり》に神酒《みわ》据ゑ　祈れども　我が大君は　高日知らしぬ（2・二〇二）

泣沢神社に御神酒を据えて祈るけれども、わが大君は亡くなってしまった。

時の太政大臣（今の総理大臣にあたる）・高市皇子《たけちのみこ》への挽歌である。この歌は不思議な記述を伴う。高市皇子挽歌の長歌には二首の反歌（長歌に付せられる短歌のこと）があるが、それに続いて「或書の反歌一首」としてこの歌が載る。反歌の別伝である。そして、この歌の左注には「右の一首は、類聚歌林に曰く、『檜隈《ひのくま》女王、泣沢神社を怨むる歌なり』といふ。」とある。『類聚歌林』は山上憶良が編纂した歌集。現存しない。この歌、その『類聚歌林』には、檜隈女王が泣沢神社を怨んだ歌として載るという。別時の歌を反歌に取り込んだものだろうか。『万葉集』はこれ以上を語らない。我々に分かるのはこの歌も高市皇子挽歌として機能していたということくらいである。

そして、檜隈女王も伝未詳。ただし、天平九年（七三七）に「檜前王《ひのくまのおほきみ》」が従四位下を賜った記事が『続日本紀』にある。この「檜前王」と同一人物とする説があり、この説が正しければ、高市皇子の一世代下の女性となる。あるいは高市皇子の娘といったところか。また、泣沢神社は、イザナミ※が亡くなった時、イザナキが流した涙から成った泣沢女神を祀る。「なきさは」は「ナキ（泣き）＋サハ（多いの意）」で、涙の止まらぬこと意味する。仮に「檜前王」が高市皇子の娘だとす

※イザナキとイザナミ
『古事記』や『日本書紀』の日本神話に登場する夫婦神。国産み、神産みの中でイザナミ（女神）が亡くなり、その際にイザナキ（男神）が流した涙が泣沢女神である。

ると、この歌は余りに切ない。

さて、自転車はそのままにして、舒明天皇が登り（159ページ参照）、持統天皇が眺めた（206ページ参照）香具山に登る。頂上まで二十分程度。西には先ほどまで立っていた藤原宮跡が一望できる。また、香具山は飛鳥の天極（真北の山）、舒明天皇が歌った景色は南に広がる飛鳥のはずである。しかし、残念ながら木々に阻まれて飛鳥は見えない。

自転車に戻り、山田寺方面に向かう。飛鳥資料館を先にするか、山田寺跡を先にするか、いつも迷う。というのも飛鳥資料館には、倒れたままの形で発掘された山田寺の東回廊に保存処理を施し、当時の形で展示しているからである。千三百年前の部材そのものを見ることができる。一方、山田寺跡では、この回廊の発掘場所が明瞭に指示されている。現物が先か、現場が先か。お好み次第である。

その山田寺は、蘇我倉山田石川麻呂《そがのくらやまだいしかわまろ》の発願で建立された。そして、造営中の大化五年（六四九）、中大兄皇子《なかつおおえのみこ》（後の天智天皇）は蘇我日向《そがのひむか》の讒言《ざんげん》を信じて、石川麻呂を死に追いやってしまう。石川麻呂はこの山田寺の前で果てた。しかも、死後、謀反など企んでいなかったことが判明する。日向は大宰帥《だざいのそち》として筑紫に赴く。人

山田寺跡

奈良市の興福寺には山田寺にあった丈六薬師仏の頭部「山田寺仏頭」が収蔵されている。

所在地：桜井市山田

はこれを忍び流しと呼んだという。そればかりではない。石川麻呂には娘がいた。中大兄の妻・越智娘《おちのいらつめ》である。夫が父を殺したも同然。彼女の悲しみは深く父の後を追うように亡くなる。いくら讒言を信じた己が悪いとはいえ、頼みにしていた右腕を失い、最愛の妻までも失う。この時、渡来系の一人の臣下が歌を献上した。

山川《やまがは》に　鴛鴦《をし》二《ふた》つゐて　偶《たぐ》ひよく　偶《たぐ》へる妹《いも》を　誰《たれ》か率《ゐ》にけむ（紀一一三）
本毎《もとごと》に　花は咲けども　何《なに》とかも　美《うつく》し妹《いも》が　また咲《さ》き出来《でこ》ぬ（紀一一四）

山を流れる川にオシドリは連れ添っていて、そんなふうに連れ添っていた妻をいったい誰が連れて行ってしまったのか。

一株毎に花は咲くけれども、どうして愛しい妻はもう咲き出ないのだろうか。

中大兄はこれを聞き「善《よ》きかも。悲しきかも」とことばを発し、褒美《ほうび》を取らせたという。『日本書紀』に掲載されるこの二首は万葉歌といっても十分に通じる。日本で最初の挽歌といわれている。

最愛の肉親を失ったとき、自ら歌を作る力は残っていまい。けれども、己のた

飛鳥資料館

保存・再現した山田寺の東回廊を展示。常設展のほか、企画展・特別展示なども。

所 在 地：明日香村奥山 601
電　　話：0744-54-3561
観覧時間：9:00 ～ 16:30（入館～ 16:00）

めに、己の悲しみを歌ってくれたら、それは悲しみを増幅させないばかりか、悲しみの表出、悲しみの昇華にさえなる。「たぐひよく　たぐへるいもを　たれかゐにけむ」。美しい頭韻は声に出して味わって欲しい。飛鳥資料館で石川麻呂が見たであろう東回廊を見るたび、石川麻呂がいたであろう山田寺跡を歩くたび、胸が熱くなるのを感じる。

❹ 飛鳥《あすか》正宮《せいきゅう》まで

山田寺から飛鳥坐《あすかにいます》神社の前を抜け、飛鳥寺～亀形石造物と走る。盆地の中なので、ペダルも軽い。まもなく飛鳥正宮である。

ここは飛鳥の中心地である。以前は天皇の代替わり毎に宮が遷《うつ》ると考えられていた。そのため、飛鳥を訪れる人は狭い明日香村の中を、「ここは舒明天皇の宮」、「ここが天武天皇の宮」と幾つもの宮跡を巡り歩いていた。いや、宮跡といわれていたところを歩いていた。

しかし、二十世紀の終わり頃から、この地に宮跡が重層して存在していることが判明してきた。結果、下表のA～Dの全ての宮がほぼ同じ地に営まれていたことが明らかになった。今なお、ガイドブック等には、ここを「伝板蓋宮《いたぶきのみや》跡」と記しているものもある。間違いではないが正確とはいえない。近年は、飛鳥正宮と呼ばれるようになった。とすれば、藤原宮への遷都（207ページ参照）は、単なる遷都ではなく、長年住み慣れた飛鳥正宮との訣別でもあったことになる。実際に立って眺めるとわかるがここは狭すぎる。飛鳥正宮から藤原宮への遷都は極めて高い不可逆性を備えていた。

さて、現在、我々の立っている場所は、宮の北東の隅にあたる。四角く見えるのは井戸跡である。建屋を伴っていたと思われ、歴代天皇の聖水供給地であったろう。井戸の管理は采女（210ページ参照）に委ねられている。何人もの采女が集う中に、志貴皇子の母（越道君《こしのみちのきみの》伊羅都売《いらつめ》）もいたのだろうか。越道君伊羅都売は采女と考えられている。当時、采女腹の皇子は低く見られ、彼は皇位継承とは関わらなかったようである。はたして母の面影を歌ったものかどうかは分からないが、志貴皇子には、

天皇	代表的な宮
舒明	岡本宮 **A**
皇極	板蓋宮 **B**
孝徳	難波宮（大阪府大阪市）
斉明	後岡本宮 **C**
天智	近江大津宮（滋賀県大津市）
天武	浄御原宮 **D**
持統	浄御原宮～藤原宮

明日香宮より藤原宮に遷居《うつ》りし後に、志貴皇子の作らす歌

采女の　袖吹き返す　明日香風　都を遠み　いたづらに吹く（1・五一）

飛鳥正宮から藤原宮に遷居した後に志貴皇子がお作りになられた歌

采女の袖を吹き返す明日香風は都が遠いので何の意味もなく吹いている。

が残る。明日香を吹く風は藤原宮に遷った後も変わらない。その風は、当時の王権を担う井戸に集《つど》う美しい采女たちの袖を翻していた。今はいたずらに吹くだけである。

❺ 天武《てんむ》・持統陵《じとうりょう》まで

飛鳥正宮から川原寺（186ページ参照）の南、橘寺（188ページ参照）の北の道を西に向かう。細い道に入り、しばらくすると亀石が見えて来る。斉明時代（六五五〜六六一）のものとかともいわれるが、はっきりしない。斉明天皇の御代は大土木時代であった（197ページ参照）。亀形石造物、酒船石、そして、猿石。いずれも斉明朝のものと考えられている。石の女王の時代である。そういわれると、この亀石の造型も他の石たちに似ているようにも見えて来る。

このあたりから飛鳥駅まではずっと下り。爽やかな季節であれば、一気に走り抜けたくなる。いやいや、それは困る。亀石の前を道なりに行く。聖徳中学校を過ぎる。少し進むと左に折れる細い道がある。ここを入ると天武・持統陵である。それが二人にとって幸せかどうかは別だが、持統は天武が葬られているこの陵に追葬された。

文暦二年（一二三五）三月、この陵は盗掘に遭った。藤原定家の日記・『明月《めいげつ》

天武持統陵。天武天皇の陵に、後に亡くなった持統天皇が火葬され合葬された。

記《き》』に記されている。それから六四五年後の明治十三年（一八八〇）、盗掘犯の調書が京都の高山寺で発見された。『阿不幾乃山陵記《あおきのさんりょうき》』である。この書物には、石室内に骨壺と石棺が収められていたと記されている。持統天皇は、歴代天皇ではじめて荼毘《だび》に付された天皇である。いうまでもなく、仏教の浸透である。この調書の記述によって、ここが天武・持統陵であることが確定した。

天武天皇の崩御は朱鳥元年（六八六）九月九日。殯宮（死後一定期間、遺体を安置しておく建物、及びその儀礼）は実に二年二ヶ月にわたった。その間のいつのことかはわからない。皇后（後の持統天皇）は天武を悼む挽歌三首を詠った。次はそのうちの二首。

燃ゆる火も　取りて包みて　袋には　入るといはずやも　智男雲（2・一六〇）
燃える火も取って包んで袋に入るというではありませんか。智男雲。

北山に　たなびく雲の　青雲の　星離れ行き　月を離れて（2・一六一）
北山にたなびく雲、その青雲が星を離れ行き、月を離れて……。

二首ともに難解をもって知られる。一首めはそもそも後半が訓《よ》めない。下句《しものく》の原文は「入澄不言八面智男雲」と記されているが、どこまでが第四句でどこから が結句かについても説が分かれる。「八《や》」までとして「入るといはずや」とする説、「面《も》」までとして「入るといはずやも」とする説。どちらを採るにしても、「燃える火も袋に入るというではないか」という不思議な内容を歌っていることは間違いない。結句「(面)智男雲」が訓めないため、確言できないが、燃える火でさえ袋に入るというのだから、あなたの命にも奇跡が起きる、というような歌なのだろう。二首めは北山(どこか不明)にたなびく雲が星や月を離れて行くことが天武崩御の暗喩になっていると思われる。天武天皇がこの陵に収められたのは、持統二年(六八八)十一月十一日のことであった。

この二首に続いて、持統七年(六九三)九月九日の法事の夜に夢の中で習った歌が並ぶ。天武の斎会の夜であろう。死後八年を経た挽歌はこの一首のみである。

明日香の　浄御原《きよみはら》の宮に　天の下　知らしめしし　やすみしし　我が大君　高照らす　日の皇子　いかさまに　思ほしめせか　神風の　伊勢の国は　沖つ藻

も　なみたる波に　塩気のみ　かをれる国に　うまこり　あやにともしき　高照らす　日の皇子（2・一六二）

明日香の浄御原宮に天下をお治めなさった（やすみしし）我が大君、（高照らす）日の皇子さまはどのように思われていらっしゃるのでしょうか。（神風の）伊勢の国は沖に靡《なび》く藻も靡いている波に、潮の香りが立ちこめている国に、（うまこり）不思議なほどにお逢いしたい（高照らす）日の皇子さま

歌なのか語りなのかよくわからない冒頭に続き、途中からは文脈もわからなくなる。いかにも夢の中で教わった風である。そして、崩御した天武が、現在伊勢の国にいるかのように表現している。そもそも夢の中とはいえ、誰に習ったのだろうか。この点は記されない。

『万葉集』における天皇への挽歌はこの歌を以て終わる。以後の天皇への挽歌は『万葉集』に残っていない。持統天皇がこの陵に追葬された時、挽歌の奏上はなかったのだろうか。それとも『万葉集』にはそれを載せる意志がなかったのだろうか。

❻ 飛鳥駅まで

天武・持統陵から鬼《おに》ノ爼《まないた》、鬼《おに》ノ雪隠《せっちん》まではすぐである。さらに坂を下ると、歌碑がある。

さ檜隈《ひのくま》　檜隈川の　瀬《せ》を早《はや》み　君が手取らば　言寄せむかも（7・一一〇九）

檜隈を流れる檜隈川の流れが速いので、思わずあなたの手を取ったとしたら、私たちは噂になってしまうのかしら

このあたりが檜隈、付近を流れる檜隈川は穏やかである。とても「瀬を早み」というような川ではない。従って「思わずあなたの手を取る」という状況は発生しそうにない。けれども、偶然を装ってでも、二人の仲を怪しまれてでも、どうしてもあなたの手を取りたいのである。それは二人を噂にするだろう。不安と同時に期待も高まる。

伝欽明《きんめい》陵のそばにある猿石《さるいし》を見て、飛鳥駅でレンタサイクルを乗り捨てる。これで今日の予定は終わり。ただ、電車を一本遅くしても良いのであれば、自転車を置いてから五分ほど歩いて、岩屋山《いわややま》古墳に行くことをお勧めする。

岩屋山古墳は、七世紀末の築造と思われる終末期古墳である。被葬者は分からない。巨大な横穴式石室は誰でも容易に入ることが出来る。そして、この古墳、下方は方墳だが、上方は八角墳といわれている（161ページ参照）。当時、極めて重要な地位にあった人が葬られていることは想像に難くない。夕まぐれの岩屋山古墳は少し恐い。

そうそう、懐中電灯を忘れずに。

4体とも猿に似ていることから、「猿石」と呼ばれる。うち3体には裏にも顔がある。

おさんぽ
ひとやすみ

吉野

万葉時代の吉野は、蔵王堂《ざおうどう》から上千本《かみせんぼん》に向かう吉野ではない。大和上市《やまとかみいち》駅付近で吉野川を渡らずに、そのまま北岸を車で十分ほど遡って行った宮滝《みやたき》付近である。飛鳥に都がある頃から平城京時代まで、吉野への道程は石舞台の前を通って芋峠《いもとうげ》を越えていたと推定されている。このルートだと吉野川に出て、少し東に行けば宮滝に到着する。ここが奈良時代の吉野離宮であった。吉野宮は、何度か建て直されているが、そのたびに川に近づいていっている。というよりも、川の湾曲部が膨らむので、改築の度に川を追いかけたといった方がよい。この離宮の井戸を詠んだ歌が残る。

古《いにし》へに　恋ふる鳥かも　ゆづるはの　御井《みゐ》の上《うへ》より　鳴き渡り行く（2・一一一）

古《いにし》えを恋う鳥でしょうか。ゆずりはの繁る井戸のあたりを鳴き渡って行きます。

若い弓削皇子《ゆげのみこ》が、年の離れた叔母・額田王に贈った謎かけ歌である。この時、額田王は飛鳥に留まっていた。甥っ子から「古えを恋う鳥なあに？」と問われた彼女は歌を返す。

古へに　恋ふらむ鳥は　ほととぎす　けだしや鳴きし　我が思へるごと（2・一一二）

古えに恋うという鳥、それはほととぎすでしょう。おそらく鳴いたことでしょう。私が思ってるように。

「ほととぎす」は私が古えを恋うように鳴きました。謎返しである。弓削皇子は天武の皇子、額田王は天武の最初の妻。おそらく「あなたのお父さんで私の亡き夫である天武を慕うようにホトトギスは鳴きました」という内容なのだろう。かなり想像を交えた歌の解釈である。というのも、歌は、時に表現の中だけで収まらない性質を持つ。

夫「あれどこだっけ？」

妻「そこそこ。」

夫「おっ、ありがとう。」

当人たちにしか分からない。「あれ」は眼鏡だったり、リモコンだったり。「そこ」はテーブルの上だったり、テレビの前だったり。弓削皇子と額田王にとっての眼鏡やリモコンが「ほととぎす」なのかもしれない。我々に分かるのは、歌われた井戸は吉野歴史資料館の坂を降りたあたりの家付近というくらい。今でもこのお宅の庭は苔が生しやすいと聞いたことがある。

現在でこそ吉野川の水量はそれほど多くないが、すぐそばの柴橋の上からから眺めると、切り立った川の両岸は当時の流量を想像させる。飛鳥では決して見られない景である。橋の上から下流の左側を見ると、「象《きさ》の小川《をがは》」（現・喜佐谷川）が吉野川に流れ込んでいる。『万葉集』では「夢《いめ》のわだ」。奈良時代「夢《ゆめ》」は「夢《いめ》」だった。「い」は睡眠の意であり、「め」は「目」、「い」と「ゆ」とは紛れやすく（現代語でも「行く」の振り仮名は難しい）、平安時代以降「ゆめ」になってしまった。

夢《いめ》のわだ　言《こと》にしありけり　現《うつつ》にも　見《み》て来《け》るものを　思ひし思へば（7・一一三二）

「夢のわだ」なんて言葉の上だけだった。実際に見に来ることが出来たよ。思い続けていたから。

吉野に来ることが出来たことを喜ぶ歌である。「象の小川」沿いに坂を登って行くと、桜木神社。境内を流れる「象の小川」の川底一面に散り敷いた紅葉は、今まで見た中でも有数の美しさだった。

おわりに

僕の悪い癖でしょうか、「おわりに」や「あとがき」というのは、だいたい最初に読んでしまいます。

今、これを本屋さん以外で読んでいらっしゃる皆さん、ご購入ありがとうございました。後はのんびり読んで下さい。勿論、最後まで読み通されてから、このページに到着された方にも心より御礼申し上げます。正しい「おわりに」の読み方です。内容はいかがでしたでしょうか。少しくだけすぎたかなとも思っていますが、万葉歌を中心に歴史と考古とのあわいを歩いたという感想を持って頂けたなら、著者冥利に尽きます。

次に、今、この文章を書店で読んでいらっしゃる皆さん、この本は、『万葉集』とともに大和国を歩こうというものです。けれども、歩かなくても十分に楽しめるようになっています。大和まで行くことが難しい方でも『万葉集』に歌われた大和に親しめるようにつとめました。書棚に戻すことなく、このまま会計までお持ち下さい。

僕は二九歳の時に、故郷である北海道の小樽を離れ、大阪に赴任しました。それまで年に一度行けるか行けないかだった大和国が、日帰り可能な国になったのです。片思いの恋が成就しました。とはいうものの、大和に育ったわけでもなく、それから四半世紀経った今も、大和から見ると僕はやはり異邦人の一人です。けれども、大勢の観光客に来て頂いている小樽運河の良さが、小樽人にはなかなかピンと来ないように、異邦人ならではの視座もあります。打ち棄てられてしまった寺院跡などを歩くたびに「絶好の観光資源なのに、もったいない」と嘆きます。その一方で、誰もいない宮跡などを歩いていると、「やっぱり、人はいない方がいいわ」とも感じます。どちらの僕が本当の僕なのか、自分でもわかりません。ただ、万葉歌を思いながら、そうした空間を歩くと心が躍ることはわかっています。小難しい文法や解釈は棚上げにしてしまって、皆さんの心と遊んで下さい。

最後になりましたが、万葉集講座のバスツアーで、共に大和をめぐって下さった泉北教養講座の皆さん、みなさんと共に歩いた記憶が本書の基礎を形成しています。御礼申し上げます。また、出版の機会を与えて下さった西日本出版の内山社長、いろいろなわがままを聞き入れてくれた編集の盛喜亜矢さん、ようやく完成ですね、ありがとうございました。

そうそう、一緒に歩き、撮影し、そして、文句を言いながらも文章にぴったりあった写真を提供してくれた「我妹子」も忘れてはいけません。明美ちゃん、ありがとね。

参考文献

小島憲之ほか校注・訳『新編日本古典文学全集6　万葉集（1）』（小学館、1994年）
小島憲之ほか校注・訳『新編日本古典文学全集7　万葉集（2）』（小学館、1995年）
小島憲之ほか校注・訳『新編日本古典文学全集8　万葉集（3）』（小学館、1995年）
小島憲之ほか校注・訳『新編日本古典文学全集9　万葉集（4）』（小学館、1996年）
山口佳紀校注　神野志隆光校注・訳『新編日本古典文学全集1　古事記』（小学館 、1997年）
小島憲之ほか校注・訳『新編日本古典文学全集2　日本書紀（1）』（小学館、1994年）
小島憲之ほか校注・訳『新編日本古典文学全集3　日本書紀（2）』（小学館、1996年）
小島憲之ほか校注・訳『新編日本古典文学全集4　日本書紀（3）』（小学館、1998年）
青木和夫ほか校注『新日本古典文学大系12　続日本紀（一）』（岩波書店、1989年）
青木和夫ほか校注『新日本古典文学大系13　続日本紀（二）』（岩波書店、1990年）
青木和夫ほか校注『新日本古典文学大系14　続日本紀（三）』（岩波書店、1992年）
青木和夫ほか校注『新日本古典文学大系15　続日本紀（四）』（岩波書店、1995年）
青木和夫ほか校注『新日本古典文学大系16　続日本紀（五）』（岩波書店、1998年）

著者プロフィール

村田 右富実（むらた・みぎふみ）

1962年、北海道生まれ。関西大学教授。上代日本文学専攻。博士（文学）。
上代文学、とりわけ『万葉集』を中心として、和歌の成立などを研究テーマとする。
主著『柿本人麻呂と和歌史』（和泉書院 上代文学会賞受賞）、
『日本全国 万葉の旅「大和編」』（小学館）など著書多数。
『よみたい万葉集』（西日本出版社）監修。

奈良には歌があふれてる
おさんぽ万葉集
平城　春日　葛城　山辺の道　泊瀬　忍阪　飛鳥

著　村田 右富実

2017年4月27日　初版第一刷発行

発　行　人　内山正之
発　行　所　株式会社 西日本出版社
http://www.jimotonohon.com/
〒564-0044
大阪府吹田市南金田1-11-11-202
TEL.06-6338-3078　FAX.06-6310-7057
郵便振替口座番号　00980-4-181121

編　　　集　盛喜亜矢
デ ザ イ ン　石田しずこ
撮　　　影　村田明美
地 図 制 作　庄司英雄
イ ラ ス ト　むかいあつこ
表紙イラスト　©NoA
印 刷・製 本　株式会社シナノパブリッシングプレス

ISBN978-4-908443-16-9